De Blomenkönigin ehr Dochter

Klaus-Peter Asmussen, geboren 1946 in Handewitt, wuchs mit plattdeutscher Muttersprache auf. Nach Abitur am Alten Gymnasium, Flensburg, und sechssemestrigem Studium an der damaligen Pädagogischen Hochschule Flensburg trat er in den Schuldienst ein und war zunächst sechs Jahre lang als Grund- und Hauptschullehrer in Dithmarschen tätig. Ab 1976 arbeitete er als Realschullehrer für Englisch und Dänisch in Tarp, Kreis Schleswig-Flensburg, bis er 2010 in den Ruhestand trat. 2007 veröffentlichte er bei BoD – Books on Demand „Planten un Blomen" ein „Wörterbuch schleswig-holsteinischer Pflanzennamen" (ISBN 978-3-8334-8589-3). Seit 2005 befasst er sich mit dem Übertragen von Märchen unterschiedlichster Provenienz in die plattdeutsche Sprache und Kultur. Sein hier vorgelegtes dreizehntes Märchenbuch enthält Geschichten aus vielen verschiedenen Ländern, von Schweden im Norden bis Italien im Süden, von Frankreich im Westen bis China im Osten. Klaus-Peter Asmussen wohnt heute in seinem Geburtshaus in Langberg, Gemeinde Handewitt.

Klaus-Peter Asmussen

De Blomenkönigin ehr Dochter

un anner Märkens,
nü vertellt up Sleswigsche Geestplatt

Märkens up Platt # 13

© 2018 Klaus-Peter Asmussen

Herstellung und Verlag:

BoD – Books on Demand, Norderstedt

ISBN 9783748108276

Wat in düt Book in steiht

De Blomenkönigin ehr Dochter

Dar is mal en Königssoehn we'n, de is mal utreden up Jagd. Do kümmt he up en ganz, ganz grote Wisch, de hett, as 't schient, gar keen Enne, un dar kümmt he an en lange, deepe Graav. He hollt sin Perd an un süht, an de dare Stä' kann he nich roeverkamen oever de Graav. He will jüst bidreih'n, do hört he nedden in'e Graav wat jaueln. He stiggt ja dal vun't Perd un geiht bi un söcht na. Do finnt he dar en ole Fruu, de kann sik nich helpen, un se seggt, he schall ehr doch man ut'e Graav ruthelpen.

Do klarrt de Königssoehn dal in'e deepe Graav un böhrt de Oolsch dar rut. Wodennig se doch is in de dare deepe Graav rinkamen, fraagt he. Och Gott, seggt se, se is en bannig arme Fruu un is kort na Middernacht losgahn, se hett in'e Stadt wecke Eier verkopen wullt. Do is se in Düüstern vun'e Weg afkamen un in de dare deepe Graav fullen. Alleen hett se sik nich helpen kunnt, seggt se un dankt em för sin Hülp. Do seggt de Königssoehn vul Mitleed, se kann ja man knapp gahn, he will ehr man up sin Perd setten un na Huus bringen. Worem se denn wahnen deit, fraagt he. Dar achtern in de dare lütte Kaat an'e Holtkant, seggt se.

Do böhrt de Königssoehn de Oolsch up sin Perd un bringt ehr hen na ehr Huus. Vör ehr Kaat stiggt de Oolsch af un seggt, he schall en Ogenblick töven, se will em noch wat geven. Un se geiht rin in'e Kaat, man se kümmt foorts wedder rut un seggt to de Königssoehn, he is ja en grote Herr, un liekers hett he en gude Hart, un dar hett he en Lohn för verdeent. Um he will de smuckste Deern vun'e Welt to Fruu hebben, fraagt se.

Ja, seggt de Königssoehn, dat will he ja geern. De smuckste Deern vun'e Welt, seggt se, dat is de Blomenkönigin ehr Dochter, man de ward fastholen vun en Ries. Wenn he ehr to Fruu hebben will, mutt he ehr eerst frie maken, un dar will se em bi helpen. Se hett dar en lütte Bimmel, seggt se. Wenn he dar eenmal mit klingelt, denn kümmt de Adlerkönig; klingelt he tweemal, denn kümmt de Vosskönig, un wenn he dreemal klingelt, de Fischkönig. De dree warrn em bistahn, wenn he dat nödig hett. Denn seggt se em adjüs un gifft em ehr Segen mit up'e Weg.

Se langt em de Bimmel hen, un denn verswinnt se mitsamt de Kaat. Dat is rein, as harr de Eerdborm ehr oeversluckt. Do weet de Königssoehn, he hett mit en gude ole Fee snackt. He stickt de Bimmel guut weg, ritt na Huus un seggt to sin Vadder, he will de Blomenkönigin ehr Dochter heiraden. Foorts de neegste Dag will he in'e Welt trecken un de dare smucke Deern söken.

Do sadelt he denn de neegste Morrn sin feine Perd un maakt sik up'e Padd. Lang' treckt he dör de Welt, sin Perd blifft em doot, un faken kriggt he nich Natt noch Dröög. As he al en gude Jahr ümmerto rumstromert is, kümmt he mal an en lütte Kaat, dar sitt en ganz ole Mann vör.

De Königssoehn fraagt em, um he vellicht weet, wonem de Ries wahnt, de de Blomenkönigin ehr Dochter fastholen deit. Nee, seggt de Ole, dat weet he nich, man wenn he een Jahr lang de dare Weg liekut wiedergeiht, denn so kümmt he na sin Vadder sin Kaat. Vellicht kann de em dat seggen. De Königssoehn bedankt sik för de Bescheed un geiht nu en ganze Jahr de Weg wieder liekut. Toletzt kümmt he na en lütte Kaat, dar sitt en ganz urole Mann vör. Um he vellicht weet, wonem de Ries wahnt, de de Blomenkönigin ehr Dochter fastholen deit, fraagt he. Nee, seggt de Ole, dat weet he nich, man wenn he een Jahr de dare Weg wieder liekut geiht, denn kümmt he na en Kaat, dar wahnt sin Vadder in, un de ward em sachs Bescheed geven.

De Königssoehn bedankt sik un wannert noch en Jahr lang desülve Weg, un denn kümmt he an en Kaat, dar sitt en ganz, ganz urole Mann vör, un em stellt he wedder desülve Fraag. Ja, seggt de Ole, de Ries wahnt dar baven up'e Barg un hollt jüst sin Jahresslaap. Een Jahr slöppt he un een Jahr is he waak. Jüst güstern hett he mal wedder sin Jahresslaap anfungen. Man wenn de Königssoehn de Blomenkönigin ehr Dochter sehn will, seggt he, denn schall he up'e tweete Barg gahn, dar wahnt de ole Riesenmudder. Denn he mutt ja weeten, seggt he, elkeen Avend geiht de Blomenkönigin ehr Dochter na de Riesenmudder to Danz.

Do maakt de Königssoehn sik up'e Weg na de tweete Barg. Dar steiht en gollne Slott up mit Finstern vun Demanten. He will jüst dör't Door in'e Hoff gahn, do kamen soeven Riesen up em los un fragen em, wat he dar söken deit. Och, seggt de Königssoehn, he hett darvun hört, wo smuck un guut de Riesenmudder is, un nu will he geern bi ehr in Deenst gahn. De dare Glattsnackerie gefallt de Riesen. Denn schall he man mitkamen, seggt de öllste vun se, denn will he em na de Riesenmudder henbringen. Do gahn se in't Huus un dör twölf prachtvulle Saalen, de sünd all vun Gold un Demanten buut. Un in'e twölfte Saal sitt de Riesenmudder up en Demantenthron.

Se hett dree Köppe un is dat grimmigste[1] Wiefstück, 'nem de Sünn jichens up schient hett. De Königssoehn verfehrt sik gewaltig, so gresig grimmig as se is, man noch mehr, as se em fraagt, warum he dar henkamen is. Ehr Stimm hört sik an, as wenn soeventig Kreih'n upmal schracheln, De Königssoehn seggt, he hett darvun hört, wo smuck un guut as se is, un he will geern bi ehr in Deenst gahn. So so, schrachelt de Riesenmudder, man wenn he ehr Deener warrn will, denn so mutt he eerstmal dree Daag lang ehr Toet up'e Weid bringen un wahren. Un gnaa' em Gott, he bringt 'n man eenmal nich na Huus, denn freten se em up, seggt se.

De Königssoehn seggt ehr to, he will guut uppassen, un denn geiht he un bringt dat feine Deert up'e Weid. Man he is knapp up'e Wisch anlangt, do is de Toet uck al weg. He söcht un söcht allerwegens, man dat helpt allens nix, he kann dat Beest keen Stä' finnen. He sett sik dal up en Steen un denkt na oever sin trurige Laag, do ward he wied weg en Adler wies. Do ward he an sin Bimmel denken. He kriggt 'n ut'e Tasch un klingelt dar eenmal mit. Do kümmt foorts de Adlerkönig anflagen un sett sik vör em dal. He weet al, wat he vun em will, seggt de Adlerkönig, he söcht de Riesenmudder ehr Toet. De drifft sik baven in'e Wulken rum, seggt he. He will all sin Adlers losschicken, dat se de Toet wedder infangen un na em henbringen, seggt de Adlerkönig un flüggt afste'.

Dat is hen to Avend, do hört de Königssoehn dat in'e Luft gewaltig rusen. He kickt na baven un süht, wo Dusende vun Adlers de Toet herbringen. De ganze Adlerflock geiht vör em dal un oevergifft em dat

---

[1] grimmig = hässlich (dän. grim)

Perd. Do ritt he denn na Huus na de Riesenmudder. De is heel verbaast un seggt, as Lohn dat he dat schafft hett un bringen de Toet würklich dat eerste Mal na Huus, darför dörf he bi de Ball mit bi we'n. Se gifft em en Mantel vun Kopper un bringt em in en Saal, dar sünd en Barg Riesendeerns un Riesenjungs bi un eten, drinken un danzen. Un dar kriggt he nu na sin jahrelange Söök dat eerste Mal de Blomenkönigin ehr wunnerbar smucke Dochter to sehn. Ehr Tüüg is ut de smuckste Blöme vun'e Welt wevt. Un wenn se lacht, denn lacht se Rosen un Jasmin. As de Königssoehn mal mit ehr danzen dörf, fluustert he ehr in't Ohr, he is kamen för un maken ehr frie. Do seggt de smucke Deern liesen to em, wenn he dat klaar kriggt un bringen de Toet uck de drütte Dag na Huus, denn schall he de Riesenmudder beden, dat se em en Fahlen vun de dare Toet gifft.

Klock twölf is de Ball to Enne. De neegste Morrn bringt de Königssoehn de Riesenmudder ehr Toet wedder up'e Weid. Un wedder is 'n foorts verswunnen. Do kriggt he sin Bimmel ut'e Tasch un klingelt tweemal. Un kiek, do kümmt de Vosskönig an un seggt, he weet al, wat he will. De Toet, de hett sik in en Barg verstaken, seggt he. He will foorts all de Vöss in'e Gang' kriegen, dat se de Toet na em henbringen, seggt he, un weg is he.

Hen to Avend kamen denn vel Dusend Vöss un bringen em de Toet. Do ritt he denn na Huus na de Riesenmudder. As Lohn gifft se em en sülverne Mantel un Verlööv un kamen mit to Ball. As de Blomenkönigin ehr Dochter em weddersüht, freut se sik bannig. Un bi't Danzen fluustert se em in't Ohr, wenn he dat de neegste Dag wedder klaarkriggt un bringen de Toet na Huus, denn schall he nedden up'e Wisch mit

11

dat Fahlen up ehr luern, denn woe'n se na de Danz mit'nanner utneihn.

Un de Königssoehn bringt uck an'e drütte Dag de Toet up'e Weid, man wedder verswinnt 'n. Do kriggt he de Bimmel rut un klingelt dar dreemal mit. Un süh, do kümmt de Fischkönig un seggt to em, he weet al, wat he will. De Toet, de hett sik in'e Au verstaken. He will all de Fisch ansetten, dat se em de Toet bringen schoe'n. Hen to Avend kamen de Fisch denn an mit de Toet, un de Königssoehn bringt 'n na Huus na de Riesenmudder. Do seggt se to em, he is en gude Jung, un he schall ehr Lievdeener warrn. Wat he denn as eerste Lohn hebben will, fraagt se, he kann sik wat wünschen.

De Königssoehn seggt, he will geern en Fahlen hebben vun de dare Toet, de he dreemal na Huus bröcht hett. De Riesenmudder mag de Jung geern lieden, wiel dat he seggt hett, se is so smuck. Darum gifft se em nich blots dat Fahlen, man uck noch en gollne Mantel upto. In de dare gollne Mantel kümmt he denn an'e Avend to Ball. Man ehrer dat Fest to Enne is, sliekert he sik rut in'e Stall, sett sik up sin Fahlen un ritt rut up'e Wisch. Dar luert he up'e Blomenkönigin ehr Dochter.

Hen to Middernacht kümmt de smucke Deern an, de Königssoehn böhrt ehr vör sik up't Perd, un heidi! geiht dat na de Blomenkönigin ehr Slott to. Man do hebben de Riesen uck al markt, dat se utneiht sünd, un se jagen se's Broder hooch ut sin Jahresslaap. Mit Bölken kamen se nu an un woe'n de Blomenkönigin ehr Slott störmen. Man se lett foorts en himmelhoge Holt rundum hoochwassen, dar kümmt nix Lebenniges dör. De Riesen moeten sliepsteerts aftrecken un koenen nix maken. As de Blomenkönigin nu hört, ehr Dochter will de Königssoehn sin Fruu warrn, do gifft se dar geern ehr Segen to.

Man blots in'e Sommer dörf ehr Dochter bi em we'n, seggt se. Wenn dar Snee up'e Eerde liggt un allens is doot, denn mutt se na ehr ünner de Eerde kamen un in ehr Slott wahnen, dat se sülven nich de Winter- maanden so eensam un trostlos tobringen mutt. Dat seggt de Königssoehn ehr to un bringt sin smucke Bruut na sik na Huus. Dar gifft dat denn en grote Hochtied. Dat junge Paar levt denn glücklich un ver- gnöögt, bet de Winter kümmt. Denn seggt de Blo- menkönigin ehr Dochter em adjüs un treckt na Huus na ehr Mudder. In'e Sommer kümmt se denn wedder na ehr Mann un blifft bi em, bet dat wedder Winter ward. Un sodennig is dat elkeen Jahr vun se's Leven we'n, man liekers hebben se ümmer glücklich mit'n- anner levt.

De Dokter un sin Lehrbursch

Dar is bi en König mal en Dokter we'n, de hett en Barg kunnt, man he is bannig afgünstig we'n. Nich mal en Deener hett de Dokter holen, dat uck jo keeneen vun em sik wat hett afkieken kunnt. Man dar is en plietsche Jung we'n, de hett so daan, as weer he stumm. He is in'e Welt gahn för un söken sin Glück, un do kümmt he uck na de dare Dokter. As de wies ward, de Bengel is stumm, do seggt he to sik sülven, dat is de richtige Deener för em; wenn de uck schull de Kunst lehren, denn so kann he dat doch nich mit em upnehmen, wo he ja nich snacken kann. Un do behollt he em bi sik.

De Jung blifft soeven Jahr bi em, un keeneen markt, dat he doch snacken kann. De Dokter hett keen Geheemnissen vör em, un do ward he jüst so klook as de Dokter, ja, meist noch klöker.

Nu hett de König en Dochter, de hett al en ganze Tied so'n dulle Koppweh. Do seggt de König to de Dokter, he schall allens doon, wat he kann, dat he ehr heelen deit. De Dokter seggt to de König, ehr Krankheit is bannig leeg. Dar is blots noch een Middel, dat een versöken kunn, man dat is ganz gresig, dar kann se uck vun dootblieven. Darum schall de König em en schrev'ne Schrift geven, seggt he, dat he em nix toleed doon will, wenn dat – wat de leeve Gott afwennen mag – scheefgeiht un sin Dochter dootblifft. Denn so will he dat geern versöken, seggt he. Do fraagt de König sin Dochter, un de seggt, eendoont um se nu dootblifft oder gesund ward, se kann un kann de dare Wehdaag nich mehr utholen.

14

Do gifft de König de Dokter Verlööv. Un do slütt de
sik mit de König un de Dochter in en Stuuv in un
nimmt allens mit, wat he bruukt, man de Jung lett
he nich tokieken, dat de dat nich uck noch lehren
schall, denn dat is en bannig rare Krankheit. Man de
Jung will dat ja uck geern lehr'n, un darum will he
uck geern tokieken. Do stiggt he ganz liesen to
Boehns un maakt dar en Lock in'e Bcrm, jüst so
groot, dat he sehn kann, wat de Dokter maakt. De
leggt de Königsdochter up en Disch, binnt ehr arig
fast, dat se sik nich rippen un roegen kann, un be-
döövt ehr denn. He klöövt de Kopp un maakt 'n an'e
Vörkopp up. Un wat kriggt he do to sehn? Dar sitt en
Sever in, de krallt sik mit de Fööt an'e Bregen fast.
Do kriggt he sik en Tang her un will de Sever weg-
rieten, man as he 'n jüst faatnehmen will, do kümmt
dar en Stimm vun'e Boehn un seggt, he schall um
Gotts Willen de dare Sever nich mit'e Tang ruttre-
cken, anners ritt de de Bregen twei, un de Deern
blifft doot. He schall en Nadel hitt maken, seggt de
Stimm, un de Sever vun achtern mit de Nadel ste-
ken, denn lett de vun sülven los un fallt af, un de
Bregen blifft heel. De Dokter süht in, sodennig is dat
beter, un deit, wat de Stimm vun baven seggt hett.
Denn maakt he ganz vörsichtig de Kopp wedder
dicht un verbinnt 'n mit de passliche Kraam. As de
Deern waak ward, markt se foorts, dat geiht ehr
beter as vörher. As se denn wedder fein gesund is,
lett de König de Dokter kamen un fraagt em, wat he
darför hebben will, dat he hett sin Dochter gesund
maakt. De Dokter seggt, de König schall darför sin
Lehrjung dootmaken laten.

As de König dat hört, verfehrt he sik un seggt to de
Dokter, he schall wat anners vun em verlangen,

blots dat nich. Man de Dokter blifft darbi. Do seggt de Jung to de König, he süht, *he* will em nix Leeges doon un hett Mitleed mit em. Man de Dokter, seggt he, de lett nich na, de will afsluut, dat he dootgeiht. Darum schall de König Order geven, seggt he, dat de Dokter sülven em vergiften schall, un wenn he an de fastsette Dag nich dootblifft, dat he denn för de Dokter en Gift torechtmaaken schall, dat se denn sehn koenen, um he sik dar uck vör retten kann so as he. Dar is de König mit inverstahn, denn he will dat nich hebben, dat de Jung dootgeiht, un denn kann he sik ja uck de beste vun se as Dokter utsöken.

Do gifft de König Order, un de neegste Dag bringt de Dokter dat allerscharpste Gift för de Jung un gifft em dat vör de König sin Ogen. Do fraagt de Jung de Dokter, wo lang' he noch to leven hett, wenn he dat Gift drunken hett. De seggt, soeven Stunnen. De Jung hett vörher en Middel gegen Gift innahmen, un do drinkt he dat Gift un geiht rut. Na soeven Stunnen geiht he wedder rin na de König, frisch un gesund, un seggt, nu is he an'e Tour un maken Gift för sin Meister t'recht. Man de König, seggt he, de schall Befehl geven, dat dar en Utroper up'e Markt bekannt maken schall, dree Daag un dree Nachten schall keeneen ut't Huus gahn in de Tied, wo he dat Gift kaken deit, denn blots vun'e Damp darvun fallen de Vageln dal up'e Grund. Un denn geiht he rut un de Dokter uck.

An'e veerte Dag geiht he wedder hen na de König, nimmt vör de sin Ogen en beten Water, deit dat in en Buddel un maakt de dicht. Denn seggt he to de König, he schall de Dokter kamen laten. As de dar is, gifft he em de Buddel to drinken. Do fraagt de Dokter em, wovel Stunnen he noch to leven hett, wenn he dat utdrunken hett. Sodraa as he de Buddel in'e Hand nimmt, seggt he do, denn blifft he doot. Un würklich, foorts, as de Dokter 'n faat nimmt, fallt he um un is doot.

De Sneedeern

Dar is mal en Buer we'n un sin Fru. Verheiraad't we'n sünd se al lang', man se hebben keen Kinner hatt. Se hebben so bannig geern sülven Kinner hebben wullt, man se hebben ümmer blots de Navers se's Kinner bi't Spelen tokieken kunnt.

As dat Winter wurrn is un feine witte Snee deckt Feller un Wischen un Hüser un Straten to, do juuch-hei'n de Navers se's Kinner, spelen in'e Snee, smieten sik mit Sneebälle un gahn bi un buu'n en Snee-mann. Do seggt de Buer to sin Fruu, se koenen ja man uck rutgahn in'e Snee un buu'n en Sneemann. Warum nich, seggt sin Fruu, warum schoe'n se sik nich uck mal en lütte Freud maken.

Do gahn de beiden, de Buer un sin Fruu, bi in'e Gaarn blangen se's Huus un maken en Kind vun Snee. Se wöltern Sneeballen tohopen, maken dar en nüdliche lütte Liev vun, twe lüerlütte Hänne un twee lüerlütte Fööt. Ut en anner Sneeball maken se en lütte Kopp. En smucke Näs maken se un en Kinn mit en lütte Kuhl in. Twee lütte Löcker sünd de Ogen. De Sneedeern is klaar. Ganz sööt kickt se in'e Winterwelt.

Man wat is dat? Knapp sünd se ferdig, do föhlt de Buer, dar kümmt en warme Aten vun'e Sneedeern ehr Lippen. Un hest di al mal wunnert? De Snee-deern roegt sik. De Buer geiht en Schritt t'rügg, rifft sik de Ogen un kickt nochmal hen. Nee, he hett sik nich verdaan, de Sneedeern ehr Ogen sünd lüchten blau, ehr Lippen sünd rosenroot. Un de Sneedeern smuustergrient.

Do fallen de Buer un sin Fruu up'e Kneen un slaan vör Freud de Hänne oever de Kopp tosamen. Se sehn genau, wo de Deern in'e Snee de lütte Arms un Beens roegt, un se sehn gollne Haar um de Deern ehr weeke Backen liggen. Marie, de Buerfruu, böhrt dat Kind up un gifft et een Söten na de anner.

O Mann, seggt de Fruu, de Heven hett se's Gebett hört. Un ganz ut'e Tüüt driggt se de lütte Sneedeern in't Huus. Se kann sik vör Freud lange Tied gar nich wedder inkriegen. Un de Buer sitt verbiestert un verbaast up'e Bank un kriggt lange Tied oeverhaupt keen Woort rut.

De Sneedeern wasst in de dare eene Winter so gau, as anner Kinner in en paar Jahr wassen. Fröher hett Bedröövnis ünner de Buerslüüd se's Dack wahnt, man nu is dar idel Freud un Lachen. Se koenen sik an Sneeflock, so seggen se to de lütte Sneedeern, gar nich satt sehn, denn se wasst ran to en smucke Gör. Do kamen de Naverslüüd, kieken nieschierig in'e Weeg, fangen an un snacken mit de lütte Deern, singen ehr lütte Leeder vör un faten ehr an'e Hänne.

Sneeflock hett en söte Stimm, de hört sik an, as wenn lütte sülverne Klocken bimmeln. All Lüüd hebben de Lütte leev, denn se is fründlich un aardig, un se is bannig plietsch. De lütte Ogen warrn ja woll allens wies, un wat de Kinner ehr vörmaken, dat kann se gau un up en Prick namaken. Nich lang', do spelt se mit de Naverskinner in'e Snee un maakt fingerfarrig mit ehr lütte Hänne lütte Ballen ut Snee un Ies.

De Buer un sin Fruu danken Dag för Dag de Himmel för dat grote Geschenk, wat he se in't Huus schickt hett. De Winter is lang, man na wecke Maanden

19

daut de Snee, un dat Fröhjahr kümmt, de Sünn schient warm dal up'e Eerde, gröne Gras drifft ut, un up'e Wischen kamen de eerste Blöme rut. De Lewarken stiegen mit fröhliche Singen tohööcht.

De Kinner freu'n sik to dat Fröhjahr, se singen Leeder un danzen mit Blöme in't Haar. Man Sneeflock blifft an so'n Daag to Huus un kickt trurig ut't Finster. De Buer sin Fruu nimmt de Deern in'e Arm un ei't ehr. Wat ehr denn fehlen deit, fraagt se, warum se nich mit de anner Kinner spel't, um se denn krank is, meent se. Do seggt Sneeflock, ehr fehlt nix, man se will geern to Huus blieven.

De letzte Snee vun'e Winter smöltet up, up all de Wischen blöhn gele, rode un blaue Blöme. Een hört de Nachtigall in'e Gaarn un de Kukuk in't Holt. Dat Fröhjahr kümmt in't Land mit all sin Pracht. Man de Sneedeern ward ümmer truriger un verstickt sik vör de Sünn in düüstere Ecken un Afsieden. Vör de Dörpskinner rönnt se weg un sett sik an leevsten an'e Bek in'e Schatten vun'e Wicheln.

Je höger de Sünn steiht, je truriger ward de Deern. Man bi Nacht, do ward se lebennig, un wenn dat ornlich störmt, is se froh un rein ut'e Tüüt. As dat mal hagelt un de Hagel liggt as Snee vör de Dör, do juuchheit se un is rein mallerig. Man denn kümmt bald de Sommer, un dat Koorn ward riep up'e Feller. Do kamen de Naverskinner un halen Sneeflock af, se woe'n to Holts un Ber'n plöcken un Blöme sammeln.

Sneeflock will gar nich mit, man de Mudder triffeleert, se schall doch man mal na buten gahn un mit de Kinner spelen. Do lett de Sneedeern sik vun'e Kinner mitnehmen un springt un danzt mit se in't Holt rin. Se kamen an en frie Plack, 'nem de Sünn schienen deit, se setten sik Kränze ut Blöme up'e Kopp un danzen dar in'e Runne.

Man upmal fallt Sneeflock mang se mit en lude Süüfzer up'e Kneen, ward lütt un ümmer lütter, daut weg. Un wat verfehrn de Kinner sik, as se toletzt blots noch en lüerlütte Hupen Snee sehn, un de is in'e hitte Sünn uck bald weg.

Vull Bang' ropen de Kinner de Deern ehr Naam, se ropen un schrien, blarrn un jammern, man se kriegen keen Antwoort. Wecke Kinner meenen, Sneeflock is vellicht al lang' na Huus gahn. Se lopen gau wedder in't Dörp, se söken in all de Hüser un Schüüns, man se koenen ehr keen Stä' finnen.

De Buer un sin Fruu koenen dat gar nich begriepen, dat de Sneedeern narms to finnen is. Mit de Navers söken se in't heele Holt, kieken achter elkeen Busch un achter elkeen Steen. Nich de ringste Spoor is dar vun Sneeflock to finnen. Do treckt de Truer in de Buerslüüd se's Huus. De heele Sommer söken se na se's Deern, man uck in'e Harvst finnen se ehr nich.

Nu will dat wedder Winter warrn. Do kann dat angahn, dat de Sneedeern na ehr Vadder un Mudder t'rüggkümmt. Un nu luern de Buer un sin Fruu vull Lengen up de eerste Sneeflocken.

De Koehlenbrenner sin Soehn

Dar is mal en Koehlenbrenner we'n, de hett twee Soehns hatt, Hans un Jürn. Jürn hett ümmer mit de Koehlen to Stadt fahren musst un hett ümmer Geld hatt. Wenn de Sünndag kamen is, hett he sik Sluck kopen kunnt, un Hans, de hett up't Dröge seten. Nich lang', do passt em dat nich mehr, un he will sik vermeeden. Do seggt de Vadder, se schoe'n man umschichtig mit'e Koehlen fahren, dat se beid wat verdeenen. Sodennig kümmt Hans denn mit de Koehlen to Stadt un wunnert sik oever all de smucke Lüüd in'e Stadt, de so fein in Tüüg sünd. So wecken hett he noch nie nich sehn, un he denkt, dar wull he geern för ümmer blieven. He verköfft denn sin Koehlen up't Slott, un as he de Herr vun't Slott süht, is he verbaast oever de staatsche Herr un seggt to de Deener, em gefallt dat dar to un to guut, dar wull he geern blieven. Un do mellt de Deener em bi de Herr, un de Herr nimmt em an, denn Hans is en staatsche Keerl. Un he gifft em twee Daler Handgeld un schickt em na Huus, he schall fragen, um he in Deenst gahn dörf.

Man Hans geiht nich na Huus, he geiht to Kroog un is bannig lustig. Do is dar en Buer, de fraagt em, wat he för dat Handperd hebben will. Hans will nich, man de Buer blifft darbi, Hans mutt em allens, Perd un Waag, verkopen. Wat he dar för hebben will. Wat he denn utgeven will, fraagt Hans. He schall man wat seggen, seggt de Buer, denn kriggt he dat. Un Hans kriggt dat Geld för Perd un Waag, is bannig lustig un mellt de Herr, he kann deenen. Un de Herr nimmt em an, gifft em feine Tüüg an un schickt em to School. Un sodennig lehrt Hans Lesen un Schrieven un wodennig he sik gegen anstännige Lüüd upföhr'n mutt. Un he lehrt guut, un as he utlehrt hett, nimmt de Herr em wedder, un Hans blifft vele Jahren bi em as Lievdeener.

Mal mutt de Herr weg un gifft Hans allens in Verwahr, uck all de Sloeteln. He seggt, Hans dörf oeverall bi, blots dat eene Schapp, dat schall he nich upsluten. Man as de Herr weg is, slütt Hans dat verbadene Schapp up un finnt dar allerhand Kraamstücken in un uck en lütte Kist. De maakt he uck up, un do springt dar en lütte, witte Muus rut un löppt weg. Do ward Hans düchtig bang', wat nu woll ward.

Na en Tied kümmt de Herr na Huus, un he weet al allens, wat dar passeert is. He tellt Hans sin Lohn af, nimmt em dat feine Tüüg weg un gifft em sin ole Koehlenbrennerplünnen un sin Brootbüdel.

Na, denkt Hans, na Huus kann he nich gahn; man he hett ja en paar Daler in'e Tasch, he will man rut in'e frie Welt. Do kümmt he in en Holt, dar verbiestert he, ward hungerig as so'n Hund un finnt nich Weg noch Steg. Toletzt süht he vun wieden en Licht schemern. As he neeger ran kümmt, do is dat en grote Slott, dar is Licht in all de Finstern. Man he kann dar nich rankamen, dar geiht en Graav rundum, un he will doch so geern rin, denn he hett bannig Smacht. Toletzt finnt he en lütte Brügg un kümmt an't Door. He kloppt an, man dar kümmt keeneen un maakt up. Do maakt he sülven up un süht in't Huus en gewaltige Barg Lampen brennen. Man he hett nix as Hunger un maakt en Stuvendör up. Binnen is en Disch deckt. He sett sik dal un denkt, wenn dar doch man een keem un sä, he schull eten, un wo he so'n Smacht hett, itt he toletzt ahn Verlööv vun dat Eten up'e Disch. Na't Eten sett he

sik up en Polsterstohl. He denkt noch, wenn he man
sodennig dar sitten blieven kunn, un denn slöppt he
in, denn he is bannig möö'. As he wedder waak ward,
maakt he en Dör up un süht in'e Kamer blangenan
en Barg Betten, leggt sik dal un slöppt in't Bett in.

De neegste Morrn finnt he dar allens, wat he nödig
hett, man dar is keen Minsch. As he sik wuschen
hett, is uck de Disch wedder deckt to Fröhstück. Na't
Eten söcht he denn allerwegens rum, um he dar
jichens een finnen kann. Do kümmt he in een Stuuv,
dar liggt en Antog as för en König, de treckt he an,
denn sin Tüüg is ja man wat plünnig. In en anner
Stuuv finnt he wecke Hupens vun Geld, Demanten,
Parlen un all sowat. Wat so'n Kraam weert is, dat
hett he bi sin Herr lehrt, un do stoppt he in sin
Rucksack Eddelsteens un Gold so vel, as he man
slepen kann, un denn süht he to, dat he wegkümmt
ut't Slott.

Na en Stoot süht he nix mehr as Water un Wischen;
darum nöömt he sik nu „Först vun gröne Wischen".
Toletzt kümmt he na en Stadt un söcht sik en Ün-
nerkamen, schafft sik Waag un Kutschperde an un
nimmt en Lievjäger in Deenst. As he Geld bruukt,
verköfft he en Demant, dar kriggt he tachentig-
dusend Daler för. As dat Geld all is, haut he en an-
ner Demant twei un kriggt för elkeen Hälfte tachen-
tigdusend Daler.

Nu is dar up'e Naverschop en König, de hett en ban-
nig smucke Dochter. Nich lang', do hett se vun de
frömde Först hört. Se finnt rut, wonem he wahnen
deit un will em besöken, man he is nich to Huus.
Denn kriggt se rut, wannehr he to Kirch geiht, un do
geiht se uck to Kirch. Do gröten se sik, so as dat

mang hoge Lüüd begäng is, un besöken een de an-
ner. Toletzt verspreken se sik mit'nanner, un se
seggt em dat halve Königriek to.

As se nu al lang' tosamen sünd, will se geern weeten,
wonem he her is un wonem sin Slott Grönewischen
denn liggen deit. Un so leev, as he ehr hett, vertellt
he ehr allens, un toletzt uck, dat he eegens en Koeh-
lenbrenner sin Soehn is. Do seggt se, warum he denn
sin Vadder un Mudder sodennig in't Elend sitten lett
un sodennig mit de swatte Koehlen rumswienereer'n.
Se kunnen doch dar bi se wahnen, meent se. Un do
schickt se em mit Gewalt hen, dat he sin Öllern ha-
len schall. He nimmt sik twölf Dragoners un treckt
hen, 'nem sin Öllern to Huus sünd. Na en paar Daag
kamen se in en Holt togang', un dar kamen se in en
gresige Gewitter un Regen, un do söken se Schuul in
en Holtkroog. Dar koenen se Nacht blieven un krie-
gen to Avendbroot, wat se man hebben woe'n.

To Avend kamen dar noch wecke frömde Gäste un
spelen Kaarten mit de Först vun Grönewischen, man
wat he wunnen hett, gifft he se allens wedder. Denn
verlangt he för sik un sin Bedeenter extra Slaap-
kamern, un he kriggt uck en Slaapstuuv för sik al-
leen. Na en Stoot gifft dat en grote Gerummel, dar
ward an'e Dör ballert un bölkt, se schoe'n upmaken.
De Bedeenter geiht an'e Dör un fraagt, wokeen dar
is, wat se woe'n. Se schoe'n upmaken, se woe'n rin,
schrien buten de Rövers. Do lett de Först de Dör up-
maken. Un do kümmt dar en Röverhauptmann rin
mit twee todeckte Schötteln un seggt, nu kriggt he
Braa', man de ward em nich so fein smecken as dat
Avendbroot, un de schall he mit verbunnene Ogen
eten. Man de Först verlangt, dat he mit apene Ogen
eten dörf. Do holen se em de Schötteln hen, un in

25

elkeen liggt en ladene Pistool. Do seggt de Först, he will se allens laten, man dat Leven schoe'n se em schenken. Do mutt he sik ganz uttrecken, un denn kriggt he en ole plünnige Antog Tüüg, un se laten em lopen. Man de Dragoners warrn insparrt.

En paar Daag geiht Hans nu vöran un söcht un finnt upletzt sin Öllern. Man de woe'n em nich upnehmen, he hett ja ehrdem de Perde verköfft. Do mutt he in sin Noot bi de Börgermeister de Swiens wahren.

Man de Prinzessin, de hett en gresige, leege Droom. Morrns vertellt se de ehr Vadder, de König, un seggt, dat mutt leeg utsehn för de Först. Se nimmt föfteinhunnert Suldaten, treckt sülven mit se afste' un fraagt in elkeen Dörp, wonem de Först mit sin Dragoners langmarscheert is. Se kamen in dat grote Holt, un dar kamen se in en Unweder. De Prinzessin will wieder dör't Holt, man de Off'zeers sünd dar all gegen. Toletzt gifft se na un dar ward en Lager upslaan. Denn söken se wieder in't Holt un kamen toletzt na de Holtkroog. In'e Stuuv ward de Prinzessin en Stück vun de Först sin siedene Tüüg wies, un dat vertellt se foorts de boeverste Off'zeer. Un de schickt glieks na de neegste Stadt um nochmal fievhunnert Mann, un wieldes stellt he Wachen up um'e Kroog. Denn ward allens dörsöcht, un se finnen en ganze Deel vun'e Dragoners noch an't Leven. De warrn friemaakt un vertellen de heele Geschicht, un all de Rövers, so bi negenhunnert Mann, warrn dalhaut. Un in'e Röverhöhl finnen se föderwies Gold un anner Weertsaken.

Denn ward wiedermarscheert, Dragoners vörut, bet na dat Dörp, 'nem de Swiegeröllern leven. Quarteermakers gahn vörut un kamen uck bi de Swienwahrer vörbi. As de se wies ward, kriggt he vör Freud dat Blarrn, man he truut sik nich un seggen wat, so plünnig, as he antrocken is. Na de Quarteermakers kümmt uck de Prinzessin mit de Suldaten in't Dörp. De Mannschaften warrn up se's Quarteers verdeelt, un de Prinzessin sülven mellt sik bi de Koehlenbrenner un sin Fruu as inquarteert. Man se sünd ja arme Lüüd un woe'n ehr nich upnehmen, se hebben ja nich recht wat to eten, blots Suerkruut un Kartüffeln. Man de Prinzessin will gar nix hebben, se beköstigt se all tosamen sülven un blifft in't Quarteer.

Do fraagt de Prinzessin de beide Olen, um se keen Kinner hebben. Doch, seggt de Mann, se hebben twee Kinner, man de eene döcht nix un hett em sin Leven lang blots argert; he hett em sogar en paar Perde sammt de Waag verköfft. De Prinzessin fraagt, wonem de we'n mag, un do seggt de Mudder, he wahrt de Swiens vun'e Gemeen. Do seggt de Prinzessin, wenn he en smucke Minsch is, denn kann he uck en anner Deenst kriegen un mutt keen Swiens wahren.

Do ward denn een henschickt na de Swienwahrer, he schall foorts na Huus kamen, man he kümmt nich. Do seggt de Mudder to de Prinzessin, de Lump ward ehr wat schieten un kamen, de wahrt leever Swiens.

Wo he nu nich kamen will, ward he mit Gewalt herhaalt; do mutt he ja kamen. As he in'e Stuuv kümmt, steiht up'e Disch en Buddel Wien, un de Prinzessin will em en Glas Wien inschenken. Man he kriggt foorts de Buddel faat un kluckert 'n in een Treck ut. Do seggt de Mudder, dar kann de Prinzessin mal sehn, wat dat för'n Groffsack is. Man de Prinzessin seggt, dat maakt nix, se hett mehr Wien. He schall mal to Proov de Stuuv langgahn, seggt se, um he wat döcht as Suldaat. Do marscheert he stramm dör de Stuuv, un de Prinzessin seggt, dat ward en düchtige Suldaat, he schall sik foorts antrecken un up Posten stahn. Do ward he inkleed't un kümmt up Duppelposten; man de anner Posten kriggt en Slaapdrunk. As he nu wies ward, sin Macker is inslapen, kriggt he dulle Lengen na de Prinzessin un will ehr vertellen, wodennig dat allens kamen is. Do fallens se sik beid vull Freud um'e Hals, vertellen sik allens un sünd wedder Mann un Fruu as ehrdem. Un denn kriggt he Königstüüg bröcht un ward noch feiner antrocken as jichens vörher.

De neegste Morrn ward de Mudder rinrapen un de Prinzessin fraagt, dar sünd doch twee Postens we'n vör't Huus, wonem de anner afbleven is. Do seggt de Mudder, se hett dat ja foorts seggt, de wahrt leever de Swiens. Un as se so recht oever Hans schimpt hett, seggt he – he sitt ja blangen de Prinzessin an'e Kaffedisch – se schall man nich so schimpen, seggt he, he is se's Soehn. Do fallt de Mudder up'e Kneen, man he böhrt ehr hooch, un dat gifft en grote Freud. Man de Öllern woe'n nich mit in'e König sin Land trecken, un do kriegen se in't Dörp en feine Huus buut, un dat heele Dörp kriggt grote Geschenken, dat se dar vundaag noch an denken koenen, an de Först vun de gröne Wischen.

De arme un de rieke Buersfruu

Dar is mal en rieke Buersfruu we'n, de is darför kennt we'n, dat se en Hart ut Steen hatt hett. Na ehr kümmt mal en Bedelmann un fraagt um en Nachtlager. Do fangt de Oolsch an un zaustert un schimpt un seggt, se will de Hünne up em hissen, un jaagt em weg, ahn dat se em uck man blots en Stück Broot geven hett. Do geiht de Bedelmann wieder un kümmt in't sülve Dörp na en rummelige Kaat. Dar fraagt he uck de Fruu um wat to eten un en Nachtlager. Do laad't de Fruu em in un seggt fründlich, vel hebben se sülven nich to eten, man he schall sik man dalsetten, en Brock warme Supp is dar noch, de ward em guut doon.

Un se sett em en grote Teller vör vun de Supp, de se jüst för ehr Kinner kaakt hett. In'e Stuuv süht de Bedelmann de arme Buerfruu ehr Kinner, un do fraagt he ehr, warum ehr Kinner so'n dünne un plünnige Hemden anhebben. Do süüfzt de Fruu mal deep up un seggt, se is en arme Wittfruu un mutt fiev Kinner satt kriegen, un se hett keen Geld för un neih'n för elkeen Kind noch en Hemd to. De Bedelmann blifft Nacht in dat Huus un maakt sik de anner Morrn fröh up'e Padd. As he weggeiht, leggt he ut sin eegne Bedelsack en lütte Broot up'e Disch, seggt velen Dank un seggt geheemnisvull to de Fruu, wat se nu anfangt, dar schall se biblieven mit, bet de Sünn ünnergeiht.

De Fruu ward ut de Bedelmann sin Wöör nich klook, man se denkt, wenn al en Bedelmann meent, ehr Kinner lopen plünnig rum, wat seggen denn woll eerst de Lüüd in't Dörp. Un do geiht se in'e Vörraatskamer un söcht dat letzte Stück Linnen rut. Vellicht langt dat tominnst för dat jüngste un lüttste Gör noch to en Hemd, denkt se un geiht bi un meten dat Linnen mit'e El. Man wat is dat? Söss Meter hett se al afmeten, man dat Tüüg nimmt keen Enne. Nich lang', do is se heel un deel verbaast, dar kann se ganz un gar nich mehr klook ut warrn. Dat schient, as wenn dar Töverkraam in't Spill is. As wenn dar up jichens en Aart ümmer wedder frische Linnen nawassen deit. Eerst as de Sünn dalgeiht, hett se de letzte Meter Linnen in'e Hand. Do sünd Stuuv un Vörraatskamer vull mit Linnen.

Se hett vun'e fröhe Morrn an so vel Linnen meten, dar kann se nich blots för ehr Kinner un för sik Hemden för't heele Leven vun neih'n. Wenn se vun all de Meters an anner Lüüd verkopen deit, kann se dar uck noch en Stang Geld mit verdeenen. Nu hett dat en Enne mit de Armoot, un ehr Kinner moeten nich mehr hungern. Do ward ehr denn ja uck klaar, wat de Bedelmann meent hett mit sin Wöör.

Gau is de dare Geschicht rum in't Dörp. As de rieke un nerige Buerfruu dat hört, will se meist bassen vör Afgunst. Vör Raasch bitt se sik up'e Lippen un seggt to ehr Knecht, he schall gau anspannen un achter de Bedelmann ranjagen un em na ehr Hoff bringen. Een schall arme Lüüd ümmer helpen, seggt se, un he schall jo nich ahn em wedderkamen.

De Knecht knallt mit'e Swep un dunnert up'e Waag de Straat lang, un würklich, na en paar Stunnen hett he de Bedelmann inhaalt. Do verklookfiedelt he em, he dörf sik ahn em to Huus nich wedder sehn laten, un seggt, he schall sik doch man jo un jo up'e Waag setten, un denn süht he to un kamen mit em wedder na Huus so gau, as dat geiht. Dütmal heet de

Fruu de Bedelmann fründlich willkamen, he schall doch man rinkamen, seggt se. Se sett em dat feinste Eten vör, bütt em ehr eegne Bett an un bedüüd't em, he kann as ehr leeve Gast so lang' dar blieven, as he Lust hett. Dat lett de Bedelmann sik ja nich tweemal seggen. He itt un drinkt un slöppt un hett en feine Leven.

Man na en paar Daag ward de Oolsch bi lütten unruhig. Dar is noch nix passeert. To ehr hett de Bedelmann noch nich so'n geheemnisvulle Wöör seggt. Un an't Weggahn denkt he, as't schient, uck nich mehr. Wat schall se nu maken? Se kann em doch nich wegjagen, denn weer dat ja allens umsunst we'n. So ungedüllig se uck is, se denkt doch ümmer noch, de Lohn för ehr Gastfründschop ward umso fetter utfallen.

Toletzt, an'e Morrn vun'e veerte Dag, stellt de Bedelmann to un maken sik up'e Padd. As he adjüs seggt, kickt se em an, as wenn se wat fragen wull oder up wat luert. Un do seggt de Bedelmann to ehr uck, wat se nu anfangt, dar schall se biblieven mit, bet de Sünn ünnergeiht. De Oolsch rönnt foorts na de Stuuv rin, kriggt sik de El her, nimmt en Rull Linnen ut't Schapp un will denn ja foorts bi un meten El um El.

Man as se nu bi will un wickeln ehr Rull Linnen so richtig af, do markt se upmal so'n dulle Grummeln un Kniepen in Buuk un Maag, un do mutt se eerstmal gau darhen, 'nem uck de König to Foot hengeiht. Un dar sitt se denn un kann nich wedder weg, bet de Sünn ünnergeiht. Dat is meist al düüster, as se wedder in'e Stuuv kümmt. Un wat argert se sik, as se wies ward, de Höhner sünd wieldes in'e Stuuv rinlapen un hebben dat feine witte Linnen schietig maakt.

Un so dull se an'e Avend uck versöcht un meten Linnen af, dar ward nix mehr vun. De Bedelmann sin Töverkraft is vergahn. As se de neegste Dag bi mutt un waschen dat schietige Linnen un hängen dat up to drögen, do weeten all de Lüüd in't Dörp, se hett ehr Straaf weg för ehr Raffgier.

En Putt vull Pissmiern[1]

Dar is mal en arme Mann we'n, de hett mit sin Fruu in en lütte Kaat levt. De beiden sünd bannig flietig we'n, un sodennig hebben se nich hungern musst, liekers se arm we'n sünd. Faken is de Mann na de Bargen gahn, de sünd dar neeg bi we'n, un hett Holt söcht, Ber'n plöckt un Heelkrüder sammelt.

Een Avend geiht he ganz fröh to Bett, treckt de Dek oever sik un seggt to sin Fruu, he will de anner Dag ganz fröh upstahn, denn foorts, wenn de Sünn hooch is, will he na de Bargen gahn. He will ehr man vertellen, seggt he, nedden an'e Barg, 'nem all de Föhren up wassen, dar steiht en hoge Boom un dar ünner is en Putt mit Sülver vergraavt. De dare Putt will he de neegste Morrn utgraven, wenn dar anners noch keeneen ünnerwegens is.

As he dat seggt, hett dat jüst upholen mit Regen, allerwegens is dat ganz still wurrn, blots wied weg quarkt en Hoppetuuts[2]. Wodennig he de Stä' denn finnen will, 'nem he graven mutt, fraagt sin Fruu verbaast, man uck nieschierig. Och, dat is ganz licht to, seggt de Mann, een mutt dar blots de grote Steen wegwöltern un denn an de dare Stä' nagraven.

Wo de Avend so ruhig is un allens rundum is heel still, do hett de Naver in sin Kaat allens mit anhört. Gau haalt he en Spaa, sliekert sik liesen rut ut sin Kaat un beestet in'e Maandschien na de Bargen to. Na en paar Stunnen finnt he würklich de hoge Föhr, 'nem en grote Steen ünner liggt. Vörsichtig wöltert he de Steen bisiet, graavt na an de Stä' un nich lang',

---

[1] Ameisen
[2] Frosch

do finnt he dar in'e Eerde en grote, sware Putt. He böhrt 'n rut ut dat Lock, langt dar rin – un schriet luud up. In de dare Putt sünd keen Sülverstücken in, nee, en grote Barg Pissmiern, un wecken darvun hebben em foorts in'e Hand beten. In sin Arger un Raasch, dat he sik vergevs afmaracht hett, kriggt he de Putt up'e Nack, löppt na Huus un klarrt vull Gift un Gall bi sin Naver up't Dack. As he baven up'e Fast sitt, maakt he en paar Dackpannen los un pliert na nedden in'e Slaapkamer. Ganz düütlich kann he sin Naver ünner sin Bettdek liggen sehn. In sin Raasch röppt he dal na de slapen Mann, de Saak mit de Putt un dat Sülver, de is stunken un lagen. Dar, he kann wecke Pissmiern to freten kriegen, röppt he, nimmt de Putt un kippt 'n ut dör dat Lock in't Dack, dal na sin Naver.

Man wat is dat? He hört dat klimpern un kloetern, as wenn dar en Barg Geldstücken dalfallen up'e Del. Bi dat dare Bölken un Kloetern ward de Naver ja waak. He rifft sik de Ogen, süht de ganze Himphamp un röppt na sin Fruu, se schall gau kamen, dar is en Wunner passeert, en richtige Wunner, dat regent Sülverstücken. De Mann up't Dack kriggt meist de Dalslag un dar fehlt nich vel, un he fallt vun't Dack, so verbaast is he nu. Gau dreiht he de Putt um un langt dar nochmal rin. De Putt is leddig, blots een eenzige, ganz lütte Sülverstück finnt he noch nedden up'e Borm vun'e sware, buukte Putt. Hett he amenn de heele Sülverschatt sin Naver sülven in'e Kaat kippt? Schall dat dare lütte Sülverstück all sin Lohn darför we'n, dat he sik de Nacht sodennig afmaracht hett?

As de Morrn bi lütten schummern ward, deckt he gau de paar Dackpannen wedder oever dat Lock un klarrt gau dal vun't Dack, dat jo keeneer wies warrn schall, wodennig he de dare Nacht för sin Naver wuracht hett.

De König mit dat Hanndook um

Dar is mal en König we'n, de is so grootsnutig we'n, he hett meist bassen wullt vör Stolt. As he to Welt kamen is, do sünd twölf Fee'n an sin Weeg kamen, un dar is uck en achtertücksche un afgünstige een mang we'n, un de hett liesen seggt, he schall stolt we'n as en Pageluun. Un sodennig is dat uck kamen. De Prinz is ranwussen, is en smucke Bengel we'n un en smucke junge Mann, is klook un plietsch we'n, man he hett uck wunner meent, wat he is. As sin Vadder denn dootbleven is un he hett sülven up'e Thron seten, do is sin Stolt elkeen Dag grötter worrn, as de Kamm bi so'n junge Hahn.

Vör sin Gäste hett ge groot angeven, dat he mehr Knoev hett as de stärkste Keerls un mehr Macht as all de anner Königs tosamen. Un mal verstiggt he sik so wied un seggt, en Frömde, de em noch nie nich sehn hett, wurr foorts marken, he is en König, een-doont, wat he för'n Tüüg anhett, un wenn dat man en Nachthemd is. Do stellt sik em en gude ole Fee in'e Mööt un seggt, nee, se will mit em wetten, de Lüüd kennen em nich, wenn he sin Königstüüg uttrocken hett. Sogar de Lüüd, seggt se, de em ümmer-to an- un uttrecken, wurrn em nich kennen, wenn he in Tüüg ankeem, 'nem se em noch nie nich in sehn hebben.

Do ward de König füünsch un bölkt, se is ja woll tumpig, wo se sowat seggen kann. Man de ole Fee lett sik nich bang' maken un seggt, en achtertück-sche Fee hett em, as he baren is, en leege Geschenk in'e Weeg leggt, un dat is sin oevergrote Stolt. Dar hett se em al lang' vun afhelpen wullt. Un se sleit em en Wett vör: Wenn se dat schafft un oevertügen em in een Wuch, dat dat Tüüg de Mann maakt, denn so schall he sin Stolt afleggen un togeven, he is stolt un grootsnutig we'n. Schafft se dat nich, denn so kann he ehr de Kopp afhau'n laten un 'n de Hünne geven, un ut ehr Huut kann he denn en Footmatt maken laten, 'nem sik all, de in't Slott rin woe'n de Fööt up afpedden koenen.

De König nimmt de Wett an. Na twee Daag röppt he sin Hoffstaat tohopen. He hett Lust un baden in'e See, de is nich wied af, un all sin Bedeenters un uck de Ministers moeten mit. Dat is hitt, un bi de Hitten dücht se de Weg länger as sunst. Toletzt kamen se na en eensame Bucht an'e See. De König lett de heele Flock anholen, treckt sin Tüüg ut, un nich lang', do spaddelt he lustig in't Water rum. He swümmt en Stoot, denn kümmt he rut ut'e Bülgen, treckt sin feine Tüüg wedder an, sett sik in'e Kutsch un fahrt ünner Hurrah vun'e Lüüd wedder na de Stadt to. In't Slott sett he sik, as all de Hofflüüd un Bedeenters sehn koenen, wedder dal up'e Thron. Man all de Ministers, de Hofflüüd, de Bedeenters un all de Lüüd, de dar rumstahn, hebben dütmal en verkehrte König vör sik, aver dat se marken nich.

De Fee hett de König in'e See för en lütte Stoot un-sichtbar maakt, hett sülven sin Gestalt annahmen, is an't Över swummen un hett sin Tüüg antrocken. Wieldes se in't Slott de Fee as se's König mit all Eh-ren behanneln, steiht de richtige König in'e eensame Bucht an't Över, röppt vergevs na sin Lüüd un ritt sik in'e Haar, denn dar kümmt keeneen för un hel-pen em. Wonem is sin Kutsch? Wonem is sin Tüüg? Dat is desülve Bucht, he kennt 'n genau. Un so wied is he doch uck gar nich rutswummen! Verwessel hebben kann he dat nich. Wonem sünd de Bedeenters? Wonem sünd de Hofflüüd afbleven? Wat is mit de Ministers? All sünd se weg!

De König hett blots en Handdook um, dat langt nich mal bet an'e Kneen. He ward bilütten freer'n, denn de Sünn is al bi un gahn ünner. He kann henkieken, 'nem he will, dar is keen Minsch. He röppt, he bölkt, un as he all de Sporen in'e Sand wies ward, ward he gewaltig schimpen, man dar kümmt keeneen. Elkeen lütte Steen un Splitter stickt oder kettelt em ünner de Fööt, denn de Majestät is dat ja nich wennt un gahn mit blote Fööt.

Do humpelt de König denn na Stadt to, un he freert mit sin korte Hanndook um. He süht al vun wieden de Toorns un Gevels vun sin Slott. Man he mutt sik ümmer wedder dalsetten un sik blangen de Weg ut-ruh'n, he is dat lange To-Foot-Lopen ja nich wennt. As he denn toletzt bi't Stadtdoor ankümmt, lett de Doorwächter em nich rin un bölkt em an, he schall stahn blieven, in so'n Tüüg kümmt he nich rin in'e Stadt, um he sik denn nich schamen deit. De König smitt sik in'e Bost un bölkt torügg, he schall dat Muul holen, he is sin König, un he will nix mehr hör'n. De Wächter denkt, he hört nich richtig, un will sik meist dootlachen. En Swien, en Esel, lacht he, amenn en König! Um dat en Tumpige is, meent he. Un he maakt rein en Bückling un seggt, Majestät schall doch man neeger kamen un sik dar in'e Wach-stuuv begeven. Un he knippt de König in't weeke Fleesch, dat de twee Elen hooch in'e Luft jumpen deit. De König will meist bassen vör Raasch un bölkt, de neegste Dag will he de anner sin Kopp up een vun de Pahlen steken laten. Un he nimmt An-loop un rönnt dör dat halv apene Door rin in'e Stadt.

De Wächter lett de snaaksche Keerl lopen, he harr em liekers nich mehr faatkregen, sodennig mutt he lachen, as he de Mann mit sin Hanndook um't Liev rönnen süht. Man knapp sünd de Lüüd in'e Stadt de Mann wies wurrn, do sammeln se sik in Flocks, lopen achter em ran un smieten em mit Zippeln, mit rotte Eier, mit Kohlstrunken, Perdeappeln un anner eklige Kraam. Luud bölken se vör Lachen, wenn de Wind dat Hanndook hoochflattern lett. Ümmer wedder versöcht he un verklaren de Lüüd, he is doch se's König. Wenn he „König" seggt, joelen se un wrinschen vör Vergnögen.

De König ward ruhig, betähmt sik un kümmt toletzt an'e Ingang vun sin Slott. De Doorwächter bölkt em an: Wat, de dare Schann för de Minschheit will in'e König sin Slott? He schall sik wat schamen, röppt he, dar kümmt he nich rin.

He is de König, bölkt do de Majestät, vigelett vör Raasch, em schall sin königliche Ungnaad drapen, un he gifft em de Befehl, he schall em rinlaten in sin Slott. De Doorwächter will sik meist dootlachen. Man ümmer suutje, seggt he, wat weer dat mit de königliche Ungnaad?

As de König so füünsch schimpen deit, kamen en paar Bedeenters ut dat Slott anlapen un woe'n sehn, wat dar in'e Gang' is. En öllere Bedeenter seggt to de Wach, se schoe'n upholen, lett sik vertellen, wat dar los is, un seggt denn vull Mitleed, he schall man sin Grappen nalaten, de König is al vör en paar Stunnen vun't Baden t'rüggkamen un regeert al wedder. He is dar in't Slott, seggt he, un sitt up sin Thron. Nu is de König heel un deel verbiestert un röppt, he is se's König, un he will se dat foorts bewiesen. Un he fangt an un nöömt all, de dar stahn, un all de Bedeenters in't Slott, mit Namen, ja, he vertellt se sogar, wodennig dat in sin enkelte Stuven un Kamern utsehn deit. Dat is ja mal en bannige Negenklook, ropen wecken, en spaßige Knep, wat he vörhett, meenen de annern, un se koenen sik knapp holen vör Lachen.

Wieldes is dat Avend wurrn. De König steiht mit en Hanndook um't Liev vör sin eegne Slott un freert. En Bedeenter geiht rin in't Slott un gifft em en ole Sack um. Nu süht he ut as de ärmste Bedelmann. Wonem kann all dat dare Unglück blots herkamen, fraagt de König sik. Do ward he an sin Wett mit de ole Fee denken un seggt, mehr to sik sülven as to de, de dar rumstahn: Dat stimmt würklich, dat Tüüg maakt de Mann. Se hett Recht hatt.

Knapp hett he dat seggt, do steiht de Fee al blangen em un seggt, he hett de Wett verlaren, un se gifft em sin Königstüüg. Se hett an'e Strand sin Gestalt annahmen, seggt se, un he is nakelt un bloot an't Över kamen. Un kiek, seggt se, sin Lüüd hebben ehr tojubelt, un för em hebben se nix as Schimp un Schann oever hatt. Rotte Eier un Perdeappeln hebben se na em smeten. He is för de heele Stadt to Spektakel we'n. Dar kann he mal sehn: Dat Tüüg maakt de Mann.

Wieldes hett de König sin Königstüüg wedder antrocken, he stellt sik up'e Slottstrepp un seggt mit lude Stimm to sin Volk, Purpur un Kroon maken de König, dat Tüüg maakt de Mann. All, de Narr na em maakt oder em haut hebben, schoe'n dar ahn Straaf vun afkamen. In't Gegendeel, he will sik bi se bedanken. Vun nu af an will he sin Stolt afleggen un sin Apigkeit un sin Grootsnutigkeit. Eerst in Schimp un Schann is he wies wurrn, wo doesig Stolt un Apigkeit sünd.

De Lüüd kieken bi de dare Wöör vör sik dal, man denn ropen se ut't heele Hart Hurrah. De König will de Fee en grote Geschenk maken, man dat will se nich, se seggt, ehr beste Geschenk is dat, wenn se süht, wo he wies un guuthartig regeern deit. Un dat kann se denn elkeen Dag an'e frohe Gesichter vun sin Lüüd aflesen. Un sodennig hett en lütte Hanndook de König to Wiesheit un Guuthartigkeit verhulpen.

De raffige Preester

Dar is mal en arme Buer we'n, Hannes hett he hee-
ten, de hett mit sin Fruu lange Jahren glücklich levt.
Man denn is se dootbleven, un Hannes hett sik gar
nich wedder inkriegen kunnt. Mit Jammern un Kla-
gen löppt he toletzt na de Preester un seggt, he
schall doch sin Fruu inkuhlen. Man de Preester will
dar fiev Daler för hebben. Nu hett Hannes nich een
Daler in't Huus un in'e Tasch nich een Gröschen.
Trurig geiht he na Huus, sett sik dal blangen sin
dode Fruu un spickeleert, 'nem he dat Geld hernehm-
men schall. He söcht in't heele Huus, man mehr as
twee Gröschen finnt he nich. Dar löppt he nochmal
na de Preester mit. Man wat he uck beden un bedeln
mag, de Preester deit dat nich ünner fiev Daler.

Do denkt de stackels Keerl, he will man sin Fruu
sülven inkuhlen. Bi Nacht nimmt he sin dode Fruu
up'e Nack un geiht mit ehr na Kösters Kamp, dat he
ehr dar heemlich inklei'n will. He geiht bi un will en
Graff schüffeln, do stött de Spaa mitmal an wat Har-
tes. Hastig graavt he wieder, un do kümmt dar en
Kist to Vörschien. As he de upmaakt, will he sin
Ogen nich truu'n: Goldstücken, idel Goldstücken!

Foorts nimmt he de sware Kist up'e Nack un slept 'n
na Huus. De neegste Dag geiht de Buer na de Prees-
ter, hollt em en Handvull Goldstücken ünner de Näs
un fraagt, um he nu will sin Fruu inkuhlen. De
Preester kickt Hannes verbaast an, maakt en fründ-
liche Gesicht un seggt, he will dat Gräffnis sogar
extra fein un fierlich maken. Un dat deit he denn
uck. De Predigt is een vun de fierlichsten, de de dare
Preester jichens holen hett.

As de Preester denn naher sin Fruu de Goldstücken wiest un ehr vertellt, Hannes is tweemal bi em we'n, do maakt se sik foorts Gedanken, wonem Hannes upmal dat Geld her hebben kann. Se moeten de Saak up'e Grund gahn, seggt se, he schall em man mal fragen, wonem he de dare feine Goldstücken her hett.

As de Preester na Hannes sin Kaat rinkimmt, is de jüst bi un tellen, wat dar in'e Kist is. De Preester wunnert sik un fraagt, wonem he de dare Kist denn her hett. Un truuschüllig, as Hannes is vertellt he nu de heele Geschicht, wodennig dat togahn is. As de Preester dat to Huus sin Fruu vertellt hett, seggt se, wat Hannes denn woll mit so vel Geld anfangen schall. De dare Kiste moeten se hebben, meent se.

Man wodennig se dat denn anstellen schoe'n, fraagt de Preester. Swienplietsch seggt de Fruu, he mutt blots se's Zegenbuck slachten. Warum dat denn, wunnert sik de Preester. Se will em in'e Huut in-neih'n, seggt se, dat he utsüht as en Düvel. Un denn schall he …? Ja, seggt se, he schall denn as Düvel na Hannes gahn un sik vun em de Kist geven laten.

Dat dücht de Preester en gude Infall. Foorts maakt he de Zegenbuck doot, un sin Fruu neiht em in'e Huut in. Nu lett de Preester würklich as de Düvel. Liesen sliekert he dör't Dörp. Hannes wunnert sik ja, as dat so laat noch an't Finster kloppt. Wokeen dar is, röppt he vergrellt. De Düvel, röppt de Preester mit ruge, verstellte Stimm, he is kamen, he will sin Kist mit de Goldstücken wedderhalen.

Hannes verfehrt sik ja gewaltig. As de Düvel denn noch sin Kopp dör't Finster stickt, ward he bevern vör Angst un krüppt in'e achterste Eck ünner sin

Bett. He schall rutkamen un en beten tomaken, anners schoe'n sin Hoorns em en beten ketteln, röppt de Düvel mit en gresige Stimm. Slurig kümmt Hannes ünner't Bett rut, nimmt de Kist un schüfft 'n langsam na't Finster hen. De Düvel kriggt 'n faat, gifft nochmal en meckern Bölken vun sik un huult af in't Düüster. Hannes waagt noch na en paar Stunnen knapp un halen Luft.

As de Preester na Huus kümmt un sin Fruu ward de Kist wies, kriggt se em bi de Hoorns un danzt mit em vör Freud dör't heele Huus, dat süht rein spöökhaftig ut. Denn haalt se de Scheer un will ehr Mann wedder ut'e Zegenhuut ruthalen. Man as se de Scheer ansett un maakt de eerste Snitt, do ward de Preester luut bölken vör Wehdaag. Bi elkeen nüe Snitt gifft dat en Wunn, 'nem Bloot rutlöppt. Wat de Fruu uck anstellen mag, dat helpt allens nix, de Huut is anwussen.

Dar is en Töver oever de Preester kamen un hett em to en Zegenbuck maakt. Un uck as he Hannes de Kist mit de Goldstücken wedderbringt, em wat vörblarrt un em allens ingestahn deit, de Töver geiht nich weg. Deep in sin Hart is he ümmer noch raffig, un darum blifft de Töver bestahn, un sodennig geiht de Buckshuut nie nich wedder af vun sin Liev. Wenn de Preester een Schritt up'e Straat maakt, lopen se all achter em ran, allerwegens gahn Finstern un Dören up, keeneen will sik dat gediegene Schauspill entgahn laten.

As de Baron vun't Dörp darvun hört, denkt he, dar kann een düchtig Geld mit maken, wenn een de dare Düvelsbuck de Lüüd vörföhrt. Do geiht he hen, binnt de Preester en Tau um'e Hals un schickt em mit sin

Fruu up Reisen. Do mutt de Fruu ehr Mann an't Tau dör't heele Land föhren. Un oeverall lopen de Kinner mit Joelen un Lachen achter se her.

De Königsdochter in'e Barg

Dar is mal en Koopmann we'n, de sin Soehn hett för de Hannel nix döcht, he hett de heele Dag blots ümmer up sin Vigelin spelt. De Vadder harr ja geern sehn, dat sin Soehn mal na em dat Geschäft oevernimmt, un darför argert em dat, un he schickt em toletzt in'e Welt. As de junge Mann ut'e Stadt treckt, do süht he up'e Straat en Jung, de spelt mit twee Stöcker as mit en Vigelin un summt dar de Melodie to. Dat mag de Koopmannssoehn lieden, un he fraagt de Jung, um he geern lehr'n will, wodennig en Vigelin spelt ward. O ja, seggt de Jung, man he kennt nümms, de em dat bibringen kann. Denn schall he man mitkamen, seggt de Koopmannssoehn, bi em lehrt he dat.

Do trecken de beiden rut in'e Welt un verdeenen se's Broot mit Vigelinspelen. As se sodennig langs de Straten trecken, bemöten se mal en Mann mit en Danzbaar. De Koopmannssoehn will de dare Baar afsluut hebben un gifft dar all sin Geld för ut. Dat versteiht sin Schöler nu gar nich, un he fraagt em, warum he dat daan hett, 'nem se nu denn vun leven schoe'n. He schall man afluern, seggt de Koopmannssoehn, se woe'n fiedeln, un de Baar schall danzen, denn kriegen se en Barg Geld vun'e Lüüd.

Man de Baar will nich danzen. Wat se uck upstellen, de Baar is nich un kriegen darto un danzen. Do haut de Koopmannssoehn dat Deert doot un lett sik sülven in't Fell inneih'n, un do meenen de Lüüd oeverall, he is en richtige Baar. Sodennig kamen de beiden uck na de Königsstadt. De Schöler spelt up sin Vigelin, un de Koopmannssoehn danzt as Baar so fein un wunnerbar, all de Lüüd kamen un kieken to.

Man wenn de Speler sik man en beten stümperig wat t'rechtfiedelt, denn stött de Baar em an. De Koopmannssoehn kann ja doch arig wat beter fiedeln as sin Schöler. Man dat weeten de Tokiekers ja nich, se meenen ja, de Danzbaar is en richtige Baar, un se lachen sik en Kringel an'e Buuk, wenn de Baar mehr vun't Vigelinspelen verstahn will un elkeen Fehler wies ward.

Nich lang', do hört de König vun de beiden un lett se na sik up't Slott kamen. De Jung mutt fiedeln, un de Baar mutt för de König danzen. De König hett dar sin Spaaß an, un he mutt düchtig oever de dare drullige Baar lachen, de uck noch en Klookschieter is, wenn dat um'e Musik geiht. Nu hett de König en bannig smucke Dochter. Se is al groot un al en ganze Tied so wied, dat se heiraden kunn. Man de König will will ehr nich verheiraden, he will sik dar alleen to freu'n, wo smuck as se is. He passt nipp up, dat ehr keeneen to sehn kriggt, un hett ehr verstaken in en Höhl in en Barg. Blots he sülven un een true Deener weeten, wonem dat dar ringeiht, anners keeneen.

De König hett oeverall utropen laten, de sin Dochter hebben will, de mutt ehr eerst söken. Man de sik up'e Söök maakt un finnt ehr nich, de kost't dat sin Leven. Sodennig, denkt he, warrn all de Friegers bang'. En paar Königssoehns hebben dat riskeert, man se hebben dar all se's Leven bi tosett.

Nu is dar al lang' keen mehr kamen, un dat is de König recht na de Mütz. As he nu de drullige Baar vör sik danzen süht, do denkt he, sin Dochter hett ja man wenig Freud un Ünnerholen dar in'e Barg, he mutt ehr man uck mal en lütte Vergnögen günnen.

Un do lett he vun sin true Deener de Baar na ehr in'e Barg bringen.

Dar gahn dree Dören rin na dat Verstek. To de eerste Dör liggt de Sloetel ünner en Steen. De Deener nimmt 'n un slütt de Dör up. Vör de tweete Dör steiht en ole Mann mit en lange Baart. De Deener treckt de Mann an'e Baart, do fallt dar de Sloetel för de tweete Dör rut. Denn kamen se na de drütte Dör. Dar steiht en Lööw mit en allmächtige Mahn. De Deener langt in'e Lööw sin Mahn un haalt dar de drütte Sloetel rut. Denn maakt he de Dör up un bringt de Baar dar sachten rin.

De Königsdochter sitt jüst in Gedanken, spelt up'e Luut un singt vör sik hen. De Baar hört de Musik un kriggt foorts dat Danzen. De Königsdochter freut sik dar düchtig to un mutt bannig lachen oever de Baar un sin Danzerie. So wat hett se noch nümmer nich sehn. De Baar maakt ehr so vel Spaaß, se lett ehr Vadder fragen, um he de Baar nich en Tiedlang bi ehr laten will.

De true Deener is knapp rut, do fangt de Baar mitmal an un snackt un seggt, he is keen Baar, he is jüst so'n Minsch as se un is en junge Koopmannssoehn. Se schall em man mal dat Gesicht upsnören, denn kann se dat sülven sehn. De Königsdochter is ja bannig verbaast, un se kriggt arig Hartkloppen vör Freud, denn bet up ehr ole Vadder un de true Deener hett se ja lang' keen Minsch mehr to sehn kregen.

Gau tüdelt se em up un süht ünner de Huut vun'e Baar de Jung. Se mag em nuch lieden, un do vertellt se em, wodennig he ehr frie maken kann ut ehr niedsche Vadder sin Klauen. Ehrer de Deener wedderkümmt, snört se em gau wedder dicht. Man as de Deener Verlööv bringt, dat de Baar noch länger blieven dörf, do seggt de Königsdochter, he schall de Baar man foorts rutbringen, se hett de Näs vull vun de dare Danzerie, se mag 'n nich mehr sehn.

Knapp is de Baar buten wedder an'e Vigelinspeler geven worrn, do glieden de beiden sik foorts af to Holts. Dar treckt de Koopmannssoehn dat Barenfell ut un feine Tüüg an. De neegste Morrn geiht he to Stadt, mellt sik bi de König un seggt to em, he will sin Dochter söken. Do lacht de König un seggt, wenn he so doesig is un will sin Leven verleer'n, denn so schall 't em recht we'n.

Bet middags Klock twölf schall he ehr funnen hebben, ward fastleggt. Wenn he denn ümmer noch up'e Söök is, denn is dat ut mit em. Man de Jung is lustig un vergnöögt, kriggt sik en Flint her un geiht up Jagd, dat he sik de Tied en beten verdrieven deit. Do süht he en Wildswien un will foorts schöten.

Man dat Wildswien seggt, he schall dat man nich doon, darför will 'n em uck mal bistahn. Un 'n gifft em een Börst un seggt, wenn he mal in Noot kümmt, denn so schall he de dreih'n, un foorts is 'n dar. Do nimmt de Koopmannssoehn de Flint dal, stickt de Börst in un geiht wieder. Nich lang', do ward he en Adler wies, de hett sik en Haas grepen. Foorts leggt he an un will losdrücken, to röppt de Adler, he schall 'n nix doon, denn will 'n em helpen, wenn he in Noot kümmt. Un do gifft 'n em en Fedder, de schall he dreih'n, wenn he Hülp nödig hett, un denn is 'n foorts bi em.

Do lett he foorts de Flint sacken, nimmt de Fedder un geiht wieder. Na en Tied süht he en snaaksche

Keerl, de liggt an en deepe Afgrund un slöppt. Dat is keen anner as de Dood, de he dar slapen süht. Ha, denkt de Koopmannssoehn, de dare Minschenverdarver will he nu doch mal een bipulen. He leggt an un will jüst losdrücken, do ward de Dood waak un süht, in wat för'n Gefahr he is. He schall doch man blots nich schöten, seggt he to de Koopmannssoehn, wat dat doch för'n Unglück weer för de Welt, wenn 't em nich mehr geev. He will em dar uck för belohnen, seggt he un gifft em en Knaak. Wenn he mal in Noot is, seggt he, denn so schall he 'n eenmal dreih'n, un foorts is he bi em.

Do lett de junge Mann dat drütte Mal sin Flint wedder sacken, nimmt de Knaak un geiht wieder. He kickt mal up'e Klock un süht, he hett man noch en halve Stunn Tied. Do löppt he gau hen na de Barg, 'nem de König sin Dochter in verstaken is. Ünner de Steen langt he sik de Sloetel för de eerste Dör rut, he treckt de ole Mann an'e Baart un slütt de tweete Dör up, ut'e Mahn vun'e Lööw haalt he de drütte Sloetel rut, un denn kümmt he na de Königsdochter. De hett al lang' up em luert. He nimmt ehr an'e Hand un geiht mit ehr na ehr Vadder. Dar maakt he en Kratzfoot un seggt, he hett sin Deel daan, nu is de König an'e Tour un holen sin Verspreken.

Man de Ole will sin Dochter nich los warrn un bölkt de Koopmannssoehn füünsch an, sowied is dat noch nich. Wenn he sin Dochter hebben will, mutt he eerst noch in een Nacht en Stuuv vull muchlige Broot upeten. De Koopmannssoehn is temlich vun'e Socken un weet sik lang' keen Raat. Do fallt em de Swiensbörst in, un he kriggt 'n rut un dreiht 'n.

Do is foorts dat Wildswien dar un en Barg anner Swiens darbi, un miteens is dat Broot weg un de Footborm is uck noch blank lickt. De neegste Morrn is de König heel verbaast, dat de Jung dat uck schafft hett. Man vull Raasch bölkt he vun sin Thron dal, noch kriggt he ehr nich. Eerst mutt he noch en Stuuv vull Arften in een Nacht upkriegen, dat dar uck nich een nablifft. To Nacht kriggt de Jung foorts de Fedder rut un dreiht 'n. Do kümmt de Adler anbruust un hett en grote Flock Vageln mit. Un dat duert man *so* lang', do is dar keen Arft mehr to sehn.

As de ole König an'e neegste Morrn süht, de dare Upgaav is uck schafft, do will he meist bassen vör Raasch, un he bölkt, nee, he gifft em sin Dochter doch nich, nie un nümmer. Do kriggt de Koopmannssoehn de Knaak rut un dreiht 'n um. Dat is ja dat Teeken för de Dood, un do kümmt de an un slept af mit de ole König.

Do gifft sin Dochter de Jung ehr Hand, un se maken vergnöögt Hochtied. Do ward de Koopmannssoehn König. He lett sin Vigelinspeler halen un will em to Minister maken. Man Minister will de nich we'n, do gifft de König de Vigelinspeler en arige Dutt Geld. Dar treckt he in en anner Land mit un ward dar en rieke Mann. Un wenn se nich dootbleven sünd, denn leven se sachs vundaag noch: de eene as König un de anner as rieke Mann, de geern Vigelin spelt.

De nakelte Deern

Dar is mal en Koopmann we'n, de hett dree Soehns hatt. Un wenn he henfahrt is un kopen Waar, denn so hett he de beide öllsten mitnahmen, dat se Bescheed weeten, wenn se mal sülven to Inkopen fahr'n. Un as de Waren mal wedder all sünd, do seggt de Koopmann to sin beide öllste Soehns, se schoe'n man alleen to Inkopen na Sizilien fahr'n. För se is dat en Freud, seggt he, för em is dat al en Last.

As de jüngste Soehn dat hört – Hans heet he –, do fraagt he sin Vadder, um he nich mitfahren dörf. Sin beide Bröder woe'n dar ja nix vun weeten, man Hans blifft bi un triffeleern, un do seggt de Vadder, warum schall he nich mitfahren, dat schaad't em ja nich, wenn he wat süht vun'e Welt. Un he gifft em dreehunnert Daler mit, dat he kopen kann, wat em gefallt, un sin beide Bröder dar nix mit to doon hebben. As se in Sizilien ankamen un in en Kroog ankehren, do seggt de öllste Broder to de Huusknecht, he schall se de neegste Morrn bitieden wecken, man de jüngste, de schall dar nix vun mitkriegen. Un to de Kröger seggt he, he schall uppassen up se's jüngste Broder, dat de nich weggeiht, anners verbiestert he womoeglich dar in'e grote Stadt un finnt sik nich mehr torecht. De neegste Morrn, as de jüngste Broder waak ward, do sünd de beiden al weg. As he nu uck weggahn will, do will de Kröger em t'rüggholen, man Hans seggt, och wat, so vel kann he sachs lesen, dat he weet, 'nem he hengeiht un wodennig he t'rüggkümmt.

He geiht nu in'e Stadt rum un kümmt toletzt ganz rut na Kösters Kamp. Dar steiht vör de Dör en breede Stohl, un dar liggt en Hasselstock up. Un as Hans

52

dar noch nieschierig steiht un kickt, wat dat woll schall, do kümmt dar en Liekentog an, un de Lüüd nehmen de Dode ut dat Sarg, leggen em up'e Stohl un woe'n em dörwamsen. Do fraagt Hans, warum se dat doon. He is hunnert Daler schüllig bleven, seggen se, un darum kriggt he nu hunnert mit'e Stock. Dat kann he nich mit ansehn, seggt Hans, de hunnert Daler will he se betahlen. Dar sünd se tofreden mit, de Dode ward inkuhlt, un Hans geiht mit un seggt sin Gebett an't Graff. Denn geiht he wieder un kümmt – mit Verlööv – in'e Schinnertwiet.

Do gahn de Hünne up em dal un jiffeln un kläffen em an, un dar is uck en witte Pudel mang. De Schinner kümmt un will mal nakieken, wat de Hünne hebben, un as he Hans dar stahn süht, wo he de Pudel ankieken deit, do fraagt he em, um he 'n kopen will. Wat 'n denn kosten schall, fraagt Hans. Föftig Daler, seggt de Schinner.

Do köfft Hans de Pudel un geiht dar wieder mit. Na en Stoot kümmt he na de Slaventwiet. Do ward he en Deern wies, de kickt dal ut dat Finster, so um un bi twölf Jahr oold. De dare Deern mag Hans geern lieden. Un in't anner Finster steiht de Slavenholer, de süht, Hans kickt so nipp rup na de Deern. Un denn fraagt Hans uck al, wat de dare Deern kosten schall. Hunnert Daler will de Slavenholer hebben. Dar is Hans inverstahn mit, un do bringt de Slavenhoeker de Deern dal na Hans in't blote Hemd. Sodennig hett Hans en nakelte Deern, un do mutt he ehr noch en Kleed kopen, dat kost't nochmal föftig Daler, un do sünd sin dreehunnert Daler all.

As he na de Kroog kümmt, sünd sin Bröder al dar un de Waren sünd al up'e Waag. As se Hans ankamen sehn mit sin Deern un sin Hund, do warrn se dull un woe'n em darlaten un gar nich mitnehmen. Man do ward de Kröger mit se schimpen, se koenen se's Broder doch nich dar laten, seggt he, wodennig he denn alleen un ahn Geld na Huus kamen schall. Wenn he Dummtüüg maakt hett, seggt he, denn ward se's Vadder em al sin Straaf geven.

Do geven de Bröder na un nehmen Hans sammt sin Deern un sin Pudel mit. Un as se na Huus kamen, do hett de Vadder wieldes twee Koophüser toköfft, dat de beide öllere Bröder se's eegne Hannel un Weertschop bedrieven koenen. De Vadder sin Huus, dat schall Hans mal hebben. Man de Vadder schimpt gar nich, dat Hans de Deern un de Pudel köfft hett. Dat ward vellicht noch mal sin Glück, meent he.

He schickt Hans denn na en frömde Stadt up en Hannelsschool, un de Deern blifft bi em to Huus. Dat duert nich lang', un de Koopmann un sin Fruu moegen ehr richtig geern lieden, so plietsch un nett un rendlich, as se is. Mit de Tied ward se de smuckste junge Deern in'e heele Stadt. As Hans nu sin Tied up'e Hannelsschool rum hett un de Öllern woe'n em afhalen, do fraagt de Deern, um se ehr nich mitnehmen woe'n. Un as se dar henkamen in'e Stadt, do will se geern Hans toeerst begröten. De Koopmann un sin Fruu gefallt dat, dat de Deern Hans so geern lieden mag. As se Hans wies ward, fallt se em um'e Hals un drückt em un gifft em Sötens up Mund un Backen. Un as se denn na Huus kamen sünd, do sehn Hans sin Öllern, de beiden, Hans un de Deern, verstahn sik bannig guut, un do seggt de Koopmann to sin Fruu, dat weer ja Sünne, wenn se se nich heiraden leeten.

54

Nich lang' darna is denn Hochtied, un denn oevernimmt Hans dat Geschäft vun sin Vadder.

Na en paar Jahr warrn de Waren mal wedder knapp, un do mutt Hans up Reisen gahn. Do seggt sin Fruu, he schall man nich na Sizilien fahren, he schall man na Konstantinopel reisen. Un se gifft em en Fahn mit, de schall he up't Schipp upsteken, wenn he instiggt, un schall dree Kanonen afschöten, un wenn he wedder utstiegen deit, nochmal dree. As he denn in Konstantinopel ankümmt, lett he bi't Utstiegen dree Kanonen afschöten, un de Fahn is uck upstaken. Dat ward en Oberst wies, un do geiht he gau na de Kaiser un mellt em, en frömde Koopmann is so driest we'n un hett daan, wat blots de Majestät tokümmt. Do gifft de Kaiser Order, se schoe'n de Koopmann fastnehmen un uphängen.

Un na dree Daag gahn se mit Hans na de Galgen. Sin Fahn nehmen se mit. En Barg Lüüd lopen achterher, un dar is uck en vörnehme Fruu mang, de geiht dicht achter de Fahn un kickt 'n nipp an. Do süht se, dat is en feine, künstliche Fahn, fein stickt. Un merrn in is wat Wittes, und ehr dücht, in de dare witte Plack is wat schreven up Törksch. As de Togg denn al bi de Galgen ankamen is, kriggt de Fruu ehr witte Dook rut un gifft dar en Teeken mit. Nu, wo de Lüüd de Fahn richtig ankieken, sehn se, in'e witte Plack is würklich wat in törksche Schrift instickt, un dar steiht, de törksche Kaiser schall de frömde Koopmann en heele Schipp schenken, vull mit Sammt un Sied un allerhand anner düre Waren, wiel dat de Koopmann de törksche Kaiser sin Dochter ut'e Slaverie frieköfft hett, un de Dochter is nu de Koopmann sin Fruu. As de Oberst dat lesen deit, mellt he dat foorts de Kaiser, un do kümmt de sülven un lett de Koopmann foorts friegeven, un statts de Galgen kriggt he en Schipp schenkt vull mit Waar.

Do seggt de Oberst to de Kaiser, he will doch woll sin Swiegersoehn nich alleen oever See fahren laten, wo dat doch so vel Seerövers gifft. He schall em man en Kumpani Suldaten mit up't Schipp geven, seggt he, un wenn de Kaiser dat recht is, denn will he se sülven kummandeern. Ja, dat is de Kaiser recht, un do geiht de Oberst mit de Koopmann an Boord. Man he spickeleert dar de heele Tied blots oever na, wodennig he de Kaiser sin Dochter kriegen un sin Swiegersoehn warrn kann. Un mal in een Nacht, as se al merrn up See sünd, do röppt he de Koopmann un seggt, dat gifft dar en grote Seewunner. Un as do de Koopmann oever de Reeling dalkickt, do kriggt he em bi de Fööt un smitt em koppoever dal in'e See. De Koopmann geiht ja ünner in't Water, man as he wedder hoochkümmt, do kümmt de Vagel Griep anflagen un slept de Koopman in sin Nest. Do freut de Oberst sik, he denkt, de Vagel Griep slept em na sin Jungen, un de warrn em al upfreten.

As de Oberst nu na Hans sin Fruu henkümmt un se fraagt em na ehr Mann, do vertellt he ehr, dar is en grote Mallöör passeert, de Vagel Griep hett em wegslept. Man he will tosehn, dat he de Schaden guutmaken kann, un he will ehr bistahn, un wenn se em lieden mag, denn so koenen se ja na en Tied uck heiraden, seggt he. Man de Fruu seggt, dat ward so gau nich gahn bi ehr, soeven Jahr, seggt se, sünd se Mann un Fruu we'n, nu will se uck soeven Jahr um em truern. Dar mutt de Oberst sik mit tofreden geven.

De soeven Jahr sünd noch nich ganz rum, do stellt he al to to de Hochtied. Man as de Dag to de Hochtied dar is un allens is praat, do bringt de Vagel Griep Hans wedder na sin Huus un sett em dal vör de Dör. He geiht in'e Koek un sett sik dar dal up en Bank. De Haar sünd em in de soeven Jahr ja lang wussen, un de Baart geiht em bet merrn up'e Bost. De heele Keerl süht düchtig wild ut, un keeneen kann em kennen.

Do kümmt de Bruut in'e Koek un kickt na, um uck allens in'e Reeg is. Un de witte Pudel löppt achter ehr ran, de is in all de soeven Jahr nich eenmal vun ehr Siet gahn. Man nu löppt 'n vun ehr weg un hen na de Bedelmann, springt em up'e Schoot, lickt em in't Gesicht un wackelt mit'e Steert. Do seggt de Bruut, dat is ja gediegen, nie nich is de Pudel vun ehr Siet gahn, un nu geiht 'n vun ehr weg un hen na de Bedelmann. Ja, seggt de Bedelmann, dat kümmt, de kennt em, he hett 'n ja mal köfft.

Do geiht de Bruut ja en Licht up, se geiht rut ut'e Koek un lett en Bad t'rechtmaken. De Bedelmann mutt in'e Badewann, de Haar warrn em afsneden un de Baart wegraseert. As dat allens daan is, do kennt se em uck wedder, un se freut sik un fallt em um'e Hals un drückt em noch so wecke Sötens up. Denn haalt se sin Hochtiedsantog, de he vör soeven Jahr anhatt hett, un seggt, nu woe'n se noch mal wedder se'e rechte Ehrendag fiern as vör soeven Jahr.

Un de Oberst, de ward inschappt un naher an'e Pahl verbrennt. Un de Vagel Griep, de de Koopmann soeven Jahr lang wat to eten bröcht hett, dat is de dare Dode we'n, de Hans domals losköfft hett.

De Hex ehr Wausen[1]

Weetst noch? Weetst noch?
Dat is heel lang' al her,
do gungen, do gungen
twee Wandlüüs[2] oever't Meer.

Weeten I noch, wodennig dat we'n is? Nee? Na, denn
will ik ju dat mal vertellen, un de nich uppasst, de
schoe'n de Wandlüüs bieten.

Dar is domals mal en Bäcker we'n, de hett en Doch-
ter hatt. Un wieldes de Vadder merrn in'e Nacht up-
stahn is un hett Broot backt, dat de Lüüd morrns
se's frische Broot hebben, hett de Dochter bet hen to
Middag slapen. I koenen ju ja denken, dar hett de
Vadder sik mehr as eenmal oever argert. Un as de
Dochter een Dag wedder mal eerst hen to Middag
upsteiht un in'e Laden geiht un sik dar eenfach en
frische Broot nimmt, do platzt de Vadder de Papier-
kraag un he gifft sin Dochter een an'e Backelei, dat
dat man so klatscht. Jüst in de Momang kümmt bu-
ten vör de Laden de König vörbigahn. As he süht, de
Bäckermeister haut sin Dochter, do kümmt he foorts
füünsch in'e Laden rin un seggt to de Meister, he is
en Grofsack, warum he de dare Deern hau'n deit.

Na, I koenen ju ja denken, dat bringt de Bäcker in'e
Kniep, denn he schaamt sik un seggen, he hett sin
Dochter för ehr Fuulheit een an'e Riestüten geven.
Un do fallt em nix Beteres in, he seggt dat Gegen-
deel. He haut sin Dochter, seggt he, wiel dat se üm-
merto arbeiden will. Se hett dat mit dat Backen so
fein rut, seggt he, se bruukt man half so vel Mehl as

---

[1] Waus = Wespe
[2] Wandluus = Bettwanze

he sülven, wenn he backt. Man se will nich upholen mit Backen, un wonem he denn woll afblieven schall mit all dat Broot.

Do besinnt de König sik un seggt, dat kann he insehn, dat he nich mehr backen will, as de Lüüd bi em kopen. Man an'e Königshoff, seggt he, dar hebben se en Bäcker, de ward nie nich t'recht mit de Arbeit, denn se hebben ja Hunnerte vun Grafen, Off'zeers, Damen un Herren. Un denn is de dare Bäcker bannig rief, he meent ja sogar, de Keerl klaut, denn he bruukt elkeen Dag dree Wagens vull Mehl. He schall em doch sin Dochter mitgeven, seggt he to de Bäcker. Wenn se so flietig is un versteiht dat un backen so sparsam, denn so schall se Hoffbäckersch warrn, un he will ehr guut betahlen. Un he, de Bäcker, hett denn weniger Arger.

Wat schall de stackels Bäcker dar nu to seggen? He truut sik nich un gestahn in, dat he de König wat vörlagen hett. Un do nimmt de König de Deern – laat ehr man Hanna heeten – mit na sin Slott. Un he lett ehr na de Backsaal bringen un dar mit en paar Sack Mehl insluten, un he seggt to ehr, dar kann se ehr Arbeitsdrang mal düchtig rutlaten un wiesen, wo sparsam as se is. De neegste Morrn will he wedderkamen un nakieken, um se würklich so düchtig is, as ehr Vadder seggt hett. Un denn lett he ehr alleen.

Na, dat is ja en schöne Tass Tee! De Deern hett noch nie nich uck man en lüerlütte Broot backt, un se weet nich, wodennig een Suerdeeg maakt, un nich, wodennig dat Mehl sichtet ward, un vun't Backen kennt se al gar nix. Un wo se sik nich to helpen weet, kriggt se dat Blarrn. Un as se dar so steiht un blarrt, do steiht mitmal en ole Fruu blangen ehr, en Hex. Un de Oolsch fraagt, warum se blarrn deit. Och,

59

seggt se, se schall vun dree Sack Mehl för de ganze Hoff Broot backen, un darbi kann se doch gar nich backen. Un denn is dat Mehl ja uck vel to wenig, dat kann sogar se sehn. Och, seggt de Hex, se schall man ganz ruhig we'n, wenn se ehr een Deel toseggen will, denn will se ehr helpen, un denn is se de dare Sorg för ümmer los. Wat se ehr denn toseggen schall, fraagt Hanna. Se schall ehr dat eerste Kind verspreken, seggt de Hex, dat se to Welt bringt. Do oeverleggt Hanna nich lang'. Dat is ja noch wied entwei, wokeen weet, um se oeverhaupt mal heiraad't un Kinner kriggt. Un do is se inverstahn. Guut, seggt de Hex, sodraa dat Kind vun'e Titt af is, schall se ehr dat in't Holt bringen. Un denn gifft se ehr en Noet. Wenn se de Noet upmaakt, seggt se, denn kamen dar wecke Wausen rut un doon allens, wat se se heeten deit, un denn gahn se wedder t'rügg in'e Noet.

Denn is de Hex mitmal wedder weg, un Hanna sitt dar alleen mit de Noet in'e Hand. Se hollt de Noet an't Ohr un hört, dar summt wat in. Do hett se eerstmal düchtig Bangen. Man de Sorg um ehr Broot is noch grötter, un do maakt se toletzt de Noet up. Do kümmt dar foorts en Swarm Wausen rut un fraagt, wat se för ehr doon schoe'n. Se schoe'n ehr Broot backen för de König sin Hoff, seggt se.

In Handumdreihn hebben de Wausen so vel Broot backt, de Backstuuv is rein vull, un dar hebben se man een Sack Mehl to bruukt.

As de König de neegste Morrn in'e Backstuuv kümmt, is he doch bannig verbaast. Dat harr he denn doch nich dacht vun de dare Bäckersch. Un för de dare Barg Broot hett se man een Sack Mehl bruukt!

Do seggt he to de Königin, um de dare Deern nich en gude Swiegerdochhter afgeven wurr. Een, de sparsamer un flietiger is as se, finnen se doch keen Stä', meent he. De Königin is dat recht, un wo de Bäckersdochter bannig smuck is, mag de Königssoehn ehr uck foorts lieden. Un do maken se Hochtied.

As denn de Stutenwuchen vörbi sünd, geiht de Prinzessin wedder elkeen Avend in'e Backstuuv, un se vergitt uck nich eenmal un nehmen ehr Noet mit, un de Wausen backen elkeen Nacht Broot för de König sin Hoff. Man as de Prinzessin denn in anner Umstänn kümmt, dörf se nich mehr in'e Backstuuv gahn. Un denn kümmt se to liggen mit en gesunne Deern. As de lütte Prinzessin döfft ward, is dar uck en ole Fruu in'e Kark, un as Hanna rutgeiht, tuckt de Oolsch ehr an'e Ärmel un fluustert, se schall nich vergeten, wat se ehr toseggt hett. Hanna hett ehr Verspreken al meist vergeten hatt, un as se dar nu an erinnert ward, kriggt se gresige Angst. Un je grötter ehr Dochter ward un je weniger Melk ut ehr Bost kümmt, je mehr Sorgen maakt se sik. Un een Dag kümmt de junge Mann dar oever to, as se ehr Kind an'e Bost hett un darbi weent, un se hett rein mehr Tranen as Melk. Wat se denn hett, fraagt de Königssoehn. Do vertellt se em de heele Geschicht, wiest em de Noet un lett em hören, wo de Wausen dar in summen.

Do denkt de Königssoehn lang' na, un toletzt fraagt he de Hoffpreester um Raat. Dat is en kloke ole Mann, de vel in'e Welt rumkamen is. Un he kickt na in en Book un lest dar bannig lang' in. Un toletzt seggt he, se schoe'n em man maken laten. Eerstmal will he de Noet mit de Wausen hebben. Hanna gifft em de Noet. De Preester maakt 'n up, do kamen de

Wausen dar rut. Wat se doon schoe'n, fragen se. Se koenen ja dat dare Kind sehn, seggt de Preester, jüst so'n Kind schoe'n se ut Wass maken. Do maken de Wausen en Kind vun Wass, dat süht up en Prick so ut as Hanna ehr Dochter, un denn gahn se wedder rin in se's Noet. Denn seggt de Preester, se schoe'n em Tüüg geven vun'e ole Kamerfruu. Dat kriggt he, un he treckt dat oever sin Preestertüüg, un do süht he ut as so'n dicke ole Kinnerfruu. He stickt de Noet in'e Tasch, lett sik de Wasspopp in en Küssen wickeln un in'e Arm leggen, un denn maakt he sik up'e Padd to Holts.

As he na de Hex ehr Huus kümmt, röppt se em al in'e Mööt, um se ehr nu de lütte Prinzessin bringen. Dat ward uck Tied meent se, meist weer se al sülven kamen un halen ehr. Ja, seggt de Preester, dar is de stackels Lütte, halv doot vör Küll. De lütte Hänne sünd al ganz stief, seggt he. Och, seggt de Hex, se woe'n ehr man up en Stohl blangen dat Füer setten, denn ward se sachs wedder warm. Se stellen en Stohl blangen dat Füer un leggen dar de Lütte up. Denn geiht de Hex hen un halen för de „Kinnerfruu" en lütte Lohn för't Bringen. Wat se denn hebben will, fraagt se, en Snaps oder en Honnigkook. Honnigkoken sünd wat för ole Preesters, seggt de Preester, se schall em man en Snaps geven.

Do haalt de Hex en Snaps, de is bannig stark, man de Preester kann wat af un maakt mit de Hex de halve Buddel leddig. De Hex kann nich so vel verdrägen, un as se toletzt upsteiht, ward se snüffeln, stött an'e Stohl, un dat Kind vun Wass fallt in't Füer. De Hex will dat Kind dar ruthalen, un de Preester deit so, as wenn he helpen will, man he steiht de Hex in'e Weg, un in en Ogenblick is dat Kind upbrennt.

De Hex huult vör Raasch: He hett de Schuld mit sin Duuntje. Wat, seggt he, wokeen denn de dare Düvelssluck maakt hett. Wenn dat Kind door is, gellt de Verdrag nich mehr. Wokeen denn woll de Schuld hett, dat dat Kind nu doot is, fraagt he. Dat woe'n se doch mal sehn, bölkt de Hex, wenn nich anners, denn haalt se sik Hanna sülven. Ja, wiss woe'n se dat sehn, 'keen wokeen haalt, bölkt de Preester noch luder. Un he kriggt de Noet rut un maakt 'n up. Do kamen de Wausen rut. Se sehn de Noet in en ole Fruu ehr Hand – meenen se – un fragen ehr, wat se doon schoe'n. Se schoe'n de dare Hex bet an't Enne vun'e Welt jagen seggt he, un ehr nich wedder t'rüggkamen laten, so lang', as Minschen leven. De Hex haut ja um sik as unklook, man de Wausen steken ehr hierhen un darhen, bet se toletzt mit gresige Schimpen utneiht.

Un de Preester geiht wedder na de König sin Slott, treckt dat ole Tüüg ut, un denn geiht he na de König un seggt, dat is nich recht, dat he sin Swiegerdochter in'e Backstuuv schickt. Wenn se wedder wat Lüttes hebben schall, kann se sik licht oevernehmen, un denn kümmt dar vellicht en Kroonprinz bi rut, de lahm is oder krumm. Ja, seggt de König, dar seggt de Preester wat. Nu is dat vörbi mit de Backerie. Denn schall Hanna ehr Vadder man kamen un backen. Wenn he denn uck vellicht Mehl klaut, so as de anner, denn so blifft dat doch in'e Familie.

Sodennig ward dat denn maakt. Hanna kann nu wedder bet hen to Middag slapen, un ehr Vadder is Hoffbäckermeister wurrn. Man vun'e Hex hett een nie nich wedder wat hört.

De Ossensoehn

Dar is mal en arme Fischer we'n, de hett sin Netten in'e See smeten för un fangen Fisch. Dat hett he en paarmal daan, man sin Netten sünd leddig bleven. De neegste Dag smitt he sin Netten wedder ut, un do fangt he en grote Fisch, dar steiht up'e Sieden wat upschreven. He wiest de Fisch denn in't Dörp. Up'e Fisch steiht: „De vun mi eten deit, kriggt en Soehn, un de ward en grote Mann." Dat mellen se de König, un de köfft de Fisch för sin Fruu un gifft de Fischer dar en Barg Geld för, un de Fischer ward riek. Denn gifft he de Fisch an'e Koeksch, se schall 'n kaken. As de Fisch denn gar is, bringt se 'n na de Königin to eten, man wat dar na is, de Kopp un de Steert, dat itt se sülven. Dat Fischwater mit'e Küüt kriggt de Oss, un de Oss süppt dat allens tosamen ut. Do kümmt de Königin in anner Umstänne, un as de Tied rum is, kriggt se en lütte Jung. Een Dag darna kriggt de Koeksch uck en Jung, un na nochmal een Dag kriggt sogar de Oss en Jung, uck en richtige Minschenkind.

De Jungs wassen gau. Al na korte Tied is de Königssoehn en Mann wurrn un de annern uck. Do will he in'e Welt trecken, man he hett keen Perd. Se trecken denn los un woe'n en Perd för em söken. De Königssoehn kümmt na en Perdehändler, man vun de sin Perde kann em keen drägen. Do söken se wieder na en Perd, man se bemöten blots en ole Mann up't Feld, dat is en Hexenmeister. De seggt, se schoe'n man in't neegste Dörp vun de un de Buer en wille Toetfahl kopen.

As se dat Fahlen köfft hebben un hebben dat bet to Nacht to Huus hatt, do löppt et weg, dat et bi sin

64

Mudder drinken kann. Man as dat de neegste Morrn wedder na Huus kümmt, kennt sin Herr dat nich mehr wedder, so groot is dat wurrn, as so'n normale Buernperd. Un knapp ward dat düüster, do löppt dat wedder weg. Un as de tweete Nacht rum is un dat kümmt morrns wedder na Huus, do is dat al en oevergrote Perd, so groot, as keen Buer een hett. Na de tweete Nacht is dat för de Öllste, de Königssoehn, to bruken.

Nu moeten se los un söken en Perd för de Koeksch ehr Soehn. Man de is noch kräftiger as de Königssoehn. Do helpt se nix anners as gahn wedder na de Ole. Un de Ole seggt, se schoe'n de Toet halen, de de Düvel tohört. Un se kriegen richtig de dare Toet för em. As de Toet een Dag bi se is, do will 'n geern an'e Strand vun'e See up'e Weid. Man as 'n denn avends na Huus kümmt, is 'n noch unbanniger as de Königssoehn sin Perd, noch willer, stärker un grötter.

Twee vun de Jungs hebben nu en Perd, blots de Ossensoehn hett noch keen. Man he is noch stärker as de anner beiden, hett mehr Knoev un is klöker. Nu moeten se för em en Perd söken, un se gahn wedder na desülvige Ole. Man de Hexenmeister seggt, he kriggt blots denn en Perd, wenn he em so vel Koem köfft, dat he sik dar duun an supen kann. Denn schickt he se na en ole Mann an'e Strand vun'e See, uck en Hexenmeister, jüst so as he. Vun em kriegen se denn en Perd, seggt he. De Ossensoehn geiht hen na de Mann, 'nem he henschickt wurrn is. De Hexenmeister kickt em an un meent, och herrje, ut em ward nix. Denn seggt he, wenn he em en ganze Fatt Koem köfft, denn so will he em Bescheed geven. Un de Ossensoehn seggt em de Koem to. Do gifft he em en lütte Glas Töverdrunk to drinken. Eerst schall he de dare Töverdrunk nehmen, seggt he, denn will he em seggen, wonem he en Perd kriggt. As he de Kraam drunken hett, seggt de Ole, wenn he an de See geiht, denn so kümmt he na en grote Eek. Dar schall he rupklarrn un dar sitten blieven, bet en Perd an'e Strand kümmt, dat löppt dar up Gras. Dat hett en Sadel up'e Rügg un Stiegboegeln. So lang' as dat Perd freten deit, schall he sik heel still holen. Dat ward nich lang' duern, denn geiht dat an'e Seekant un süppt Water, un denn schall he dalkamen vun'e Boom un dat krauelen. He schall sik up dat Perd rupsetten un sik in'e Sadel holen; eendoont, wonem em dat henbringt, he schall sitten blieven, seggt he. Wenn he dalfallt, is dat ut mit em, man wenn he baven blifft, is he dat Perd sin Herr.

Sodennig maakt de junge Mann dat denn. As dat Perd ganz vun alleen na em henkümmt un sik kraueln lett, springt he dat gau up'e Rügg un kriggt de Toegels faat. Man knapp sitt he baven, do springt dat Perd up en Klipp, un vun'e Klipp liek dal in'e See, negen Faden deep springt dat Deert. Un dat deit et dreemal, vun'e See up'e Klipp un vun'e Klipp in'e See. Man de Ossensoehn sitt fast up dat Beest sin Rügg. As se na dat drütte Mal na de Eek kamen, seggt dat Perd to em, he is nu sin Herr, denn he hett fast in'e Sadel seten. Nu kann he dat ganz geruhig up'e Weid laten, wenn he dat bruukt, schall he man fleuten, denn so is dat foorts bi em. Denn geiht de Ossensoehn na Huus un seggt ganz stolt to de Bröder — he seggt dar Bröder to, to de Königssoehn un de Koeksch ehr Soehn — seggt ganz stolt to de Bröder, nu hett he uck en Perd. Do will de Königssoehn afste' rieden un seggt to de annern, se schoe'n mitkamen.

As de beide Bröder nu up't Perd sitten, fleutet de Ossensoehn uck na sin Perd, un do kümmt dat foorts anflagen, un dat is duppelt so smuck as de annern. Denn maken se sik foorts mit'nanner up'e Weg un rieden en halve Dag. De Luft is glöhnig hitt. Se hebben so'n Dörst, de Tung klevt se an'e Gumen. Harrn se man wat Water hatt to drinken! De Königssoehn ritt vörut, denn kümmt de Koeksch ehr Soehn un de Ossensoehn as letzte. Do ward de Königssoehn in'e Hitten blangen de Weg en Soot wies, un dar liggt en gollne Kell up. As he afstiggt un will Water ut'e Kell drinken, do nimmt de Ossensoehn de Riedpietsch un haut mal up'e Soot, do verswinnt de Soot un nimmt de Hacken vun'e Königssoehn sin Stulpensteveln mit. Man as he so haut, vergeiht se all de Dörst.

Se rieden en düchtige Stück vöran, man dat is ümmer noch gresig hitt. Ünnerwegens kriegen se wedder Dörst. Do sehn se blangen de Straat en feine Gaarn, dar sünd allerlei Appeln un Ber'n in. De Königssoehn büggt af, hollt an bi en Boom un will dar mit'e Hand wat vun afplöcken. Do nimmt de Ossensoehn wedder de Riedpietsch un haut mal na de Boom. Do verswinnt de Gaarn uck, un dar is nich een Boom mehr na.

Se trecken wieder lang se's Weg, denn se hebben hört, dar dicht bi is en anner Königriek, un dar is en smucke Deern henslept wurrn vun en Ries. De dare Deern woe'n se frie maken. Se rieden un rieden, ümmerto in de Richt vun dat dare Königriek. As dat Nacht ward, kamen se an en grote Huus, en grote Hoffstä'. Dar is keen Minsch to sehn, man de Hoff is vull vun Ossen, meist fievhunnert Stück. Do gahn se in'e Hoff, man dar is wieder nix as en Eek un de Veehstall vull Ossen. Se blieven de Nacht in'e Stall, man dar is uck keen Minsch, un se kriegen nix to eten.

De neegste Morrn smeden se sik denn en ieserne Graap un stellen de Königssoehn an to kaken. He smitt fievuntwintig Ossen in'e Graap un kaakt se. Un de annern gahn hen un woe'n ieserne Hakens smeden.

De Königssoehn hett de Ossen al gar kaakt, do kümmt de Herr vun'e Hoff, en elenlange Keerl mit en elenlange Baart un en Bunk Heu up'e Kopp. He smitt sin Ossen wat Heu hen, denn kümmt he ran na de Königssoehn un fraagt, wat he dar ahn sin Verlööv maken deit. As he de Kock in'e Fingern kriggt, geiht he bi un prügelt un pietscht em, dat em Hör'n un Seh'n vergeiht. Denn fritt he de Ossen sülven up, fievuntwintig Ossen. As he denn wedder weggeiht, seggt he to de Königssoehn, wenn he de neegste Dag sin Ossen nochmal anröhrt, denn kriggt he noch en dullere Swaartvull. Denn is he weg. De Königssoehn will nu nich geern vertellen, dat he vermöbelt wurrn is, darum stickt he anner Ossen in'e Graap un geiht nochmal bi un kaken. As de Bröder to Middag kamen, hett he de Ossen ümmer noch in'e Graap, se sünd noch nich gar. Do seggt de Ossensoehn, dat is doch gediegen, dat dat Fleesch noch nich week is, wo de Ossen doch al so lang' kaken. Man de Königssoehn seggt, he hett dat bannig hild hatt, dat is so vel Arbeit we'n un maken dat allens t'recht, dat hett en Barg Tied kost', un denn hett he uck noch Koppweh hatt, lüggt he. Man de Ossensoehn weet, wat dar passeert is, he weet allens.

Denn eten se, un de neegste Dag mutt de tweete Broder kaken, un de annern gahn wedder hen un smeden. Man de Königssoehn vertellt de Ossensoehn nich, dat he verprügelt wurrn is, he denkt blots bi sik, se's Broder steiht vundaag noch en dullere Swaartvull bevör, as he een kregen hett. Wedder kümmt de Herr vun'e Hoff in'e Vehstall mit en Bunk Heu up'e Kopp. He süht, de Ossen in'e Stall sünd weniger wurrn, un de Mann dar is wedder bi un kaken. Do hollt he nich eerst en lange Red, he seggt blots, güstern hett he dat daan, un vundaag is he wedder bi, liekers he em dat verbaden hett. Un denn kriggt he em faat un vertrimmt em so dull, dat he halvdoot liggen blifft. Denn itt he gau de Ossen up un glitt sik af un röppt, wenn he de reegste Dag wedder kaakt, denn so haut he em doot. Un de Broder stickt anner Ossen in'e Graap un fangt nochmal an un kaken se. As de beiden to Middag kamen, is dat Fleesch noch roh, dat is eerst jüst in't Kaken kamen. De Ossensoehn seggt, dat is doch gediegen, dat dat Fleesch noch gar nich kaakt hett, man jüst eerst in'e Graap kamen is. Do seggt sin Broder, he hett so'n Buukweh, he mag dar nix vun eten, wenn se woe'n, denn schoe'n se man eten, un he hollt sik de Buuk. Do seggt de Ossensoehn, sodennig as se will he de anner Dag nich kaken.

An'e drütte Dag gahn de beide Bröder, de Prügels kregen hebben, hen un smeden. Un de Ossensoehn smitt fievuntwintig Ossen in'e Graap to kaken. He hett dat Fleesch meist ferdig, do kümmt de Weert wedder mit de Bunk Heu up'e Kopp. Man as he süht, dar ward wedder kaakt vun sin Ossen, hollt he sik dar nich mit up un bringen de Ossen dat Heu. He geiht foorts dal up'e Keerl un bölkt, wat, he quält sik dar nich um, wat he seggt, nu haut he em doot. Do will he em to Liev, man in Handumdreih'n kriggt de

Ossensoehn de Ole bi de Baart, smitt em vun een Wand na de anner un seggt, he ole Plünn hett sin Bröder doothau'n wullt un em uck noch, darför will he em nu an de dare Eek nageln. Un dat deit he, he nagelt de Ole an'e Eek. Denn kriggt he dat Fleesch ut'e Ketel un smitt 'n nochmal vull Ossen.

Do süht he de Bröder ankamen un hört se seggen, de anner Daag hebben se en Swaartvull kregen, vundaag hett de Broder sachs noch en dullere een kregen. Se kamen in'e Stuuv un sehn, dat Fleesch kaakt noch, do denken se, na, he hett düchtig wat kregen. Man de Ossensoehn kümmt na se hen un seggt, se ole Sabbelköppe hebben em nich vertellt, dat de Ole se hett dootmaken wullt. Se schoe'n man mal na de Eek dar buten gahn, dar koenen se se's Dood sehn. Un denn schoe'n se man hengahn un eten dat feine Fleesch, wat he kaakt hett. Do gahn se hen un eten dat Fleesch. Up se will he sik nich mehr verlaten, seggt he, darum hett he uck al Fleesch för morrn ferdig. He kann ja nich weeten, meent he, wat för'n Rott se noch dootmaken kann.

De letzte Dag gahn se denn all dree na de Smä', un se kriegen de Hakens ferdig. Nu is dat Tied för se un gahn afste'. Se maken sik up'e Padd, do seggt de Ole to de Ossensoehn, he is ja klook un hett Knoev, he schall em doch vun'e Eek losmaken, denn so will he em noch en Raat mit up'e Weg geven. Man de Ossensoehn seggt, he schall man blieven, 'nem he is. He truut em nich un lett de Ole an'e Boom, un denn trecken se wieder.

Se rieden lang', ehrer se dar henkamen, 'nem de Deern is, de de Ries wegslept hett. Dat is en feine Slott mit en Muer rundum, de is so hooch, dar kann blots en Vagel roeverfleegen. Do smieten de Bröder de ieserne Hakens up'e Muer un klarrn dar an tohööcht. Sodennig kamen se all dree up'e Muer, un een na de anner laten se sik denn an'e Hakens up'e Binnersiet wedder dal in'e Slottshoff. De Hakens laten se hängen, dat se doch uck wedder rut koenen.

Denn gahn se dree Mann hooch rin in een vun de Saalen in dat Slott. Dar warrn se en smucke Deern wies, de fraagt, wodennig se as döffte Minschenkinner dar doch rinkamen sünd. Dar levt en gewaltige Ries mit twölf Köppe, seggt se, de hett al en Barg Minschen dootmaakt un upfreten. Anners as se un noch twee Deerns is dar keen Minsch in't Slott, seggt se. Se is en Deenstdeern ehr Dochter, in'e tweete Kamer is en Eddelmann sin Dochter, un in'e letzte Kamer wahnt en Königsdochter, Smucke Helena heet de.

Do lett de Ossensohn de Bröder bi de Deern, un he sülven geiht wieder un söken de tweete Deern. He kümmt dar uck hen, un se wiest em wieder na de Königsdochter. As he bi de rinkümmt, kümmt se em in'e Mööt un seggt, se stackels Mannslüüd sünd umsunst kamen, rut kamen se dar nich wedder, se warrn um'e Eck bröcht. Ehr Mann, de ehr wahren deit, seggt se, is en Ries mit twölf Köppe. Denn wiest se em sin Swert, dat hängt dar an'e Wand an een Mahnhaar. He schall dat man mal faat nehmen, seggt se, un sehn, um he dat böhren kann. De Ries, seggt se, de swunkt dat Swert in'e Hand, as wenn dat man en Taschenmess weer. Un de grote Küül in'e Eck, de swunkt he as so'n lütte Pinn. De Ossensoehn langt na dat Swert, man so dull he sik uck afmarst, he kann dat nich roegen. Do seggt de Königsdochter, he schall man mal vun de dare Töverdrunk drinken, un se langt em dar en paar lütte Buddeln vun hen. As he dar wat vun intus hett, kann he dat Swert böhren, man he hett dar noch bannig Mars mit. Do geiht he nochmal bi un kriggt sik en Treck, do kriggt he Knoev un kann dat Swert regeern as en Lepel. Denn seggt Smucke Helena, se hebben dar noch twee Kruken mit Töverdrunk; in'e rechte Kruuk is en Drunk, de gifft mehr Knoev, de in'e linke lett de Knoev minner warrn; de woe'n se nu man mal vertuuschen. He schall dat Swert man mitnehmen, eendoont, wat dar kümmt. Un wenn se sik hau'n, denn so schall he sik nich schonen. Denn gifft se em noch en lüerlütte Buddel un seggt, blots in'e allerletzte Noot schall he darvun drinken, denn so hollt he dör. Un denn gifft se em ehr Segen, un he schall ehr nich verraden. Do geiht de Ossensoehn wedder na de Bröder un seggt: „Pass up; wenn de Ries achter mi rankümmt, gah mi nich vun'e Siet. Wenn de Ries *mi* dootmaakt", seggt he, „denn so maakt he ju uck doot, un wenn *ik* guut wegkaam, denn so sünd wi all rett't."

Do hör'n se wat, dat hört sik an as dat Grummeln vun en Gewitter, wenn dat noch en lütte Miel weg is. As dat Rummeln vun'e Donner kümmt de Ries mit grote Radau up dat Slott to. As he rinkümmt, fraagt he de Königsdochter foorts, wodennig de Minsch dar rinkamen is, dat rüükt dar in't Slott na Minsch. Do seggt Helena, dar kann se nix för, dar is en Mann rinkamen un hett sin Swert dar vun'e Wand nahmen. Süh so! He nimmt de Küül in'e Hand un seggt, de anner schall man herkamen. Mehr seggt he nich. Do kümmt de Ossensoehn ran na em un haut em mit dat Swert dree Köppe af. Man as de Ries em mit'e Knüppel een oever de Doez neih'n will, haut he vörbi un haut em de Lenn blöddig. Do haut he wedder to mit dat Swert un haut em noch en Kopp af. Do stoehnt de Ries, um se sik wieder hau'n schoe'n oder Freden maken. Wenn de Ossensoehn will, seggt he, he is dar praat to. Se sünd all beid in'e Kniep, de eene hett veer Köppe tosett, de anner is de Lenn blöddig haut. Un de Ries fraagt, um se nich eerst en Sluck Water drinken schoe'n. Warum nich, seggt de Ossensoehn, dat koenen se ja man doon. Do geiht de Ries na rechts un seggt to de anner, he schall man dar links drinken, he will hier drinken. Man de Kruken sünd ja vertuuscht. Do ward de Ries sin Knoev ringer un de Ossensoehn sin nimmt to. Denn gahn se sik wedder to Kleed. Man de Ossensoehn lett em dar gar nich eerst wedder to kamen un hau'n to, he haut em mit een Slag nochmal veer Köppe af. Do gnurrt de Ries de Deern an, se schall nu de Töverdrunk bringen, de letzte Buddel, sin beste Buddel. Man de hett de Ossensoehn ja, he wiest em de nochmal un sett 'n an'e Mund, un denn haut he em mit een Slag de letzte Köppe uck noch af. Un as he dat Undeert an'e Kant hett, geiht he hen na de Deern. Un do fiern se en grote Fest mit gude Eten un Drinken, un all sünd se vergnöögt. Un de Königsdochter gifft de Ossensoehn en Ring vun ehr Hand, dar steiht ehr Naam in, un se seggt, wo he ehr nu erlöst hett, do schall he uck ehr Brüdigam we'n.

Denn oeverleggen se, wodennig se dar wegkamen koenen. Se moeten wedder an se's Hakens tohööcht klarrn, de Deerns hoochböhren un denn sülven roeverkamen. Eerst klarrn de Bröder roever, un de Ossensoehn langt se de Deenstdeern ehr Dochter hen, un denn böhrt he de Eddelmann sin Dochter rup. Man as he se de Königsdochter geven will, do seggen de Bröder een to de anner, de Königsdochter will de Ossensoehn sachs sülven to Fruu hebben, wiel dat he ehr frie maakt hett, un se kriegen naher de ringeren. Un de Königssoehn meent, de dare Deern will he to Bruut nehmen, un de anner kriggt de Eddelmann sin Dochter. De Deenstdeern ehr Dochter woe'n se man so mitnehmen, de truut sik bestimmt nich un verraden wat. Man de Broder woe'n se binnen laten. Harr he domals de Ossenweert vun'e Eek losmaakt, denn so harr de em darvör wahrschuut.

Dütmal hett de Ossensohn sik denn ja bannig doesig anstellt. He harr sülven vöran klarrn schullt un denn de Deerns roeverböhren un denn de Bröder halen, denn so weer he dar guut vun kamen. Man nu, wo he as letzte binnen bleven is, trecken de Bröder em tohööcht, un denn laten se em vun baven dalstörten, dat he sik in Stücken fallt. Denn trecken de beiden up se's Perde mit de Deerns na Huus, un de Broder laten se mit tweie Knaken doot liggen.

Na en Stoot kümmt dar en Kroon[1] anflagen, de süht de Dode, un do ward 'n dar an denken, de dare Mann hett mal sin Jungen vör en Hagelflaag schuult. Do flüggt 'n ran, sett sik up em un söcht de Stücken tohopen. Denn bespeutet 'n em mit Dodenwater, do ward dat Liev wedder ganz, un denn bringt 'n Levenswater un maakt em dar de Lippen mit natt, do ward he wedder lebennig. Un he seggt, huh, wat hett he lang' slapen. Un de Kroon seggt, he harr slapen bet in'e Ewigkeit, wenn he, de Vagel, nich we'n weer. He schall dar man mal an denken, wat he 'n domals Gudes daan hett, darför hett 'n em nu uck hulpen.

---

[1] Kroon = Kranich

Do geiht de Ossensoehn rut ut't Slott un geiht wieder dör't Land, un as he lang' gahn is, kümmt he na en Höhl. He kickt dar rin, un do ward he binnen in'e Eerde en Striepen Licht gewahr, dat is en anner Land. Un as he de Lichtstriepen nagahn will, fallt he un ward denn waak in en feine, grote Holt an'e Kant vun en Moor, un do weet he nich, wonem he langgahn schall. Do kümmt dar en grote Vagel hen na em un seggt, dat is noch en lange Enne bet na sin Riek, man wenn he 'n wat vun sin eegne Fleesch to freten geven will, wenn 'n em up'e Rügg driggt, denn so will 'n em dar henbringen. Do sett he sik up'e Vagel sin Rügg un seggt 'n sin Andeel to. En Mess hett he bi sik.

Se fleegen un fleegen, un upletzt fraagt de Mann, um dat noch wied is. Dat is noch wied, seggt de Vagel, wenn 'n de Kopp umdreiht, denn so schall he en Stück Fleesch paraat hebben. Un de Vagel dreiht de Kopp, do snitt he sik en Stück Fleesch ut't Been un stickt de Vagel dat in'e Snabel, un denn fleegen se wieder. Se fleegen un fleegen, bet de Vagel wedder de Kopp dreiht, do gifft he 'n en Stück ut dat anner Been in'e Snabel.

As de Vagel dat tweete Mal freten hett, bringt 'n de Ossensoehn na dat Slott, 'nem se jüst tostellen to de Hochtied vun'e Königssoehn, sin Broder. De will de Königsdochter heiraden, de *he* ja ut'e Ries sin Gewalt erlöst hett. Un he geiht rin in't Slott, denn sin Fööt woe'n nich mehr, un he blifft dar Nacht. In dat Slott kriggt he to hören, de neegste Dag schall de Hochtied we'n, un se fragen em, um he nich will to Hochtied up'e Zither spelen. Do geiht he rin in'e Hochtiedssaal un kriggt de Zither in'e Gang'. He grippt in'e Sieten un spelt för de Bruut, de sitt dar up'e Stohl. Do ward se de Ring an sin Finger kennen, se springt vun'e Stohl tohööcht un röppt, dat is de Mann, de ehr erlöst hett. Un denn vertellt se de heele Geschicht so, as 'n passeert is.

Do warrn de Bröder, de em ja um'e Eck bröcht hebben, bi wecke Perde an'e Steert bunnen un to Dode slept. Man de Ossenbroder, de maken se to Königssoehn, de dat Riek arvt, un do fiert he Hochtied mit Helena, de Königsdochter.

De Zeg un de Wulf

Dat is al lang', lang' her – ik weet gar nich, hett dat do all Minschen geven? – do is dar mal en Zeg we'n, de hett up'e Wisch un in't Holt vun dat feine, gröne Gras freten un vun de junge Büsche. Ut de lütte Bek vör ehr Kaat hett se klare, frische Water drunken. Man de Zeg is bannig arm we'n. Ehr Kaat un ehr dree lütte Gören, anners hett se nix hatt. Man de Lütten sünd ehr mehr weert we'n as all de Riekdom vun'e Welt.

De Kinner hebben Fieke, Rieke un Mieke heeten. Wenn se buten up'e Wisch we'n is to freten, denn hett se se ümmer up ehr Hoorns wat to freten mitbröcht un Melk in'e Jüdder un frische Water in't Muul. Wenn se denn t'rüggkamen is, hett se för gewöhnlich an'e Dör kloppt un seggt, se schoe'n upmaken, se is se's Mudder, un se hett Eten för se. Sodennig hebben se tofreden in se's Kaat levt un hebben keen Striet hatt mit de Navers.

Mal wedder ward dat Fröhjahr, de Eerde ward gröön un de Blöme blöh'n. Dat Holt hett sin gröne Tüüg antrocken, un de Beken kamen mit helle Klang vun'e Bargen dalsprungen. De Harders trecken mit se's Flocks wedder rup in'e Bargen, de Dörper warrn leddig. Bi dat Dörp wahnt uck een Wulf, de hett ümmerto Smacht. Nu weet he genau, de Zeg is mit ehr Kinner in't Dörp bleven, un se geiht Dag för Dag alleen rut na Wisch un Holt na Fudder. As de Mudder do een Dag weg is, sliekert he sik na de Zeg ehr Kaat. He nimmt en beten Heu mit, kloppt an'e Dör, verstellt sin Stimm un röppt, se schoe'n upmaken, he is se's Mudder un hett wat to eten för se

Un he stickt en beten Heu dör de Dör. De Lütten ahnen nix, se meenen, dat is würklich se's Mudder, un maken de Dör up. Mit een Satz is de Wulf in'e Stuuv un kriggt Mieke faat, dat lüttste vun'e Lämmer. Fieke un Rieke witschen gau ünner Schapp un Bank un versteken sik. Dar nedden sitten se nu un truu'n sik knapp un halen Luft. Mieke slept de Wulf in een Eck vun'e Stuuv un fritt ehr up. Blots de Knaken lett he na. As de Hallunk denn na Huus geiht, is allens in'e Stuuv dör'nanner smeten, un de Dör lett he uck up.

Na en Stoot kümmt de Zeg na Huus. Foorts, as se süht, de Dör steiht apen, denkt se, ehr Kinner mutt wat passeert we'n. Se röppt na se all, se röppt na se enkelt, man keeneen kümmt. Se mutt noch en paarmal ropen, bet toletzt Fieke un Rieke liesen un bang' ut se's Schuul krapen kamen un vertellen, en leege Naver is dar we'n un hett Mieke upfreten. De Hallunk sin Naam weeten se nich.

Un denn wiesen se se's Mudder se's lütte Süster ehr Knaken. De Zeg ward dull vör Raasch un röppt, se hett mit keeneen Striet hatt, warum se ehr dat andoon. Dat will se de Mörder t'rüggbetahlen. Gau gifft se de Kinner wat to eten, maakt de Dör vun buten to un rönnt weg as mall. Se löppt dör Wisch un Holt un kümmt toletzt up en Flach, 'nem se nich mehr so genau Bescheed weet, na en Kaat. Wokeen dar wahnen deit, weet se nich. Do kloppt se mit ehr Hoorns tweemal an'e Dör. Do kickt dar en Haas rut un fraagt, wat se vun em will. De Zeg fraagt, um he weet, wokeen ehr Kind upfreten hett.

He hett dat al in't Dörp hört, seggt de Haas, de Wulf hett ehr Kind upfreten. Man de wahnt dar nich, seggt he, se schall doch man jo gau wiedergahn un em sülven söken. He will nix, aver uck gar nix mit em to doon hebben. Do geiht de Zeg weg un kümmt na en anner Kaat. Dar kloppt se wedder mit'e Hoorns twee mal an'e Dör. Do wiest sik en Voss mit en lange, dicke Steert an't Finster. De Zeg fraagt em, um he weet, wonem de Wulf wahnt, de ehr Kind upfreten hett. De Zeg deit de Voss leed, un he vertellt ehr geern, wodennig se na de Wulf sin Kaat kümmt.

Man sülven geiht he nich mit, he hett gewaltige Manschetten vör de Wulf. Dat is bi lütten Avend wurrn, dat schummert un de Sünn geiht ünner. Do kloppt de Zeg mit ehr Hoorns an'e Dör vun de Wulf sin Kaat. De Wulf is jüst bi un kaken Riesgrütt, darum maakt he nich up. Do klarrt de Zeg up't Dack un smitt dör de Schosteen en Steen in'e Ketel, de oever dat Füer hängt. De Melk speutet rut un löppt oever. As de Wulf dat süht, ward he dull, löppt na buten un röppt in't Schummern rut de Fraag, wokeen em de Steen in'e Melk smeten hett.

Do steiht de Zeg uck al mit en füünsche Gesicht vör em un bölkt em an, he hett ehr Kind upfreten, un nu schall he vör't Brett. De Wulf seggt eerstmal nix un oeverleggt en Stoot. Denn seggt he heel ruhig, de Richter hett al Fieravend, dat is nu al to laat an'e Avend. Man de neegste Morrn, seggt he, denn koenen se ja mit'nanner na de Richter gahn, un denn kann se ehr Klaag anbringen. As de Zeg na Huus kümmt, geiht se foorts to Bett, man se kriggt keen Oog dicht, se mutt ümmerto an ehr dode Kind denken. Man de Wulf, dat is en ganze griese, de kriggt sik en Lamm un bringt dat noch in'e Nacht na de Richter, dat he em up sin Siet trecken will. Un darbi vertellt he em de heele Geschicht.

De neegste Morrn kümmt de Zeg al fröh bi de Wulf an, geiht mit em na't Gericht un bringt ehr Klaag vör. De Richter hört sik dat an un seggt denn, de Wulf schall ehr Kind upfreten hebben? Dat kann ja gar nich angahn, seggt he, he is doch een, de in't Dörp wat gellen deit. Un darmit is de Klaag afwiest. De Zeg schüttkoppt un is mit dat dare Ordeel nich inverstahn. Se besteiht dar up, se will de Saak vör en anner Richter bringen.

Dicht bi't Gericht, in'e sülve Straat, wahnt en Smidt, de is jüst bi un arbeiden in sin Warkstä'. De Smidt gellt för en gerechte Mann, de de Gesetten kennt. Do seggt de Zeg to de Wulf, se woe'n man tosamen na de Smidt gahn, de schall de Richter mang se we'n. Un de Zeg bringt de Smidt in vörut en Putt vull Dickmelk as Richterlohn. De Smidt hört sik de beide Deerten se's Klaag nipp an. He weet al, dat is de Wulf we'n un keen anner, de de Zeg ehr lütte Lamm upfreten hett.

He denkt en beten na, denn seggt he, dat is guut, dat se na em kamen sünd. Nu schoe'n se sik vör sin Ogen hau'n, denn kann he sehn, wokeen vun se in't Recht is. De Wulf will he mit'e Fiel sin Wulfstähns anspitzen un de Zeg de Hoorns. Eerst geiht he bi de Zeg ehr Hoorns un fielt de spitz. Denn kriggt he sik en Tang her, un ehrer de Wulf dat spitz kriggt, treckt he em all de Tähns ut, un do hett de nich een Tähn mehr in't Muul. Denn stellt de Smidt de beiden up, un do moeten se sik dar up'e Platz hau'n.

Vull Raasch springt de Zeg up'e Wulf los un stött em ümmer wedder mit ehr spitze Hoorns in'e Kopp. De Wulf blött as dull, fallt hen un ward nu luud hulen. Do jaagt de Zeg de Mörder vun ehr Kind nochmal

ehr Hoorns deep in't Liev, dat de bölkt, sin Buuk, sin
Buuk is platzt, he mutt dootblieven. Dat is sin eegne
Schuld, röppt de Zeg, harr he nich ehr Kind upfre-
ten, denn so harr se em an't Leven laten.

De Wulf blifft dar up'e Platz doot. De Zeg geiht na
Huus na ehr Kinner un hett mit Fieke un Rieke
glücklich un tofreden levt bet an ehr Enne. Wi laten
de dree nu dar in Glück un Tofredenheit, un woe'n
na allerhand Mallöör un Leed man uck sülven glück-
lich un ümmer tofreden we'n.

De Katten un de Seep

Düt is dat Märken vun'e Katten un de Seep. Dat is al vele, vele Jahren her, as dat noch keen Waschmaschiens geven hett un de Lüüd se's Wäsche in'e Au up en glatte Steen wuschen hebben, do is dar mal en Deern we'n, de hett Fieken heeten. Se hett blots en Steefmudder hatt, ehr Vadder is utwannert we'n na Amerika. Un de Steefmudder het sülven uck en Dochter hatt, Rosi.

Mal seggt de Steefmudder to Fieken: „Los, kumm hooch, du Fuuljack, vundaag ward wuschen!" Un denn gifft se ehr en Korv, en feine Stück Seep un en ganze Barg schietige Wäsche, Lakens, Slupen, Kissens, Hemden. Do geiht Fieken denn dal na de Au to waschen. Man upmal is ehr – flutsch! – de Seep wegglitscht un in'e Au fullen. „O", seggt se, ik arme Stackel, wat schall ik nu blots maken ahn Seep? Wenn min Steefmudder dat to weeten kriggt, denn krieg ik ja en Swaartvull. Wat schall ik blots maken?"

Do hört se mitmal en Stimm. Wat se denn weenen deit, fraagt de, wat se denn hett. Se kickt sik um, man se kann nümms wies warrn. Un nochmal fraagt de anner, wat se denn weenen deit. Wokeen ehr ropen deit, fraagt se. He is dat, seggt de anner, ganz dicht bi ehr.

Do ward se en Dwarg wies, de is nich grötter as en halve Meter un hett en rode Kapuuz up, as so'n lütte Düvel. Dat is de Dwarg vun't Holt. Warum se blarrt, fraagt he. Ehr is de Seep in'e Au fullen, seggt se, darum. Dar gifft ehr Steefmudder ehr en Dracht Prügels för, un ehr Süster uck, de is so leeg. Och, seggt de Dwarg, se schall man nich bang' we'n, se schall man mitkamen.

Un do geiht he mit ehr de Au hooch. As se baven an-
kamen sünd, seggt de Dwarg, he blifft nu dar, man
se mutt wiedergahn. Un se schall sik jo ümmer guut
benehmen. Ja, ja, seggt se. Dar, an'e dare Boom,
seggt he, dar schall se ankloppen.

Do kloppt se dar an un en feine lütte Katt maakt up.
De heet Muusch, jüst so as min, un se is de Dör-
wahrer. Se fraagt Fieken, wat se will. Och, seggt Fie-
ken, wenn se weeten dä, wat ehr passeert is! Wat
denn los is, fraagt de lütte Katt. Ehr is de Seep in'e
Au fullen, seggt se, un nu kann se nich wedder na
Huus gahn, denn so gifft ehr Steefmudder ehr wiss
en Swaartvull. Se schall man nich bang we'n, seggt
de lütte Katt, un schall rinkamen.

Up'e Trepp steiht en anner Katt, de is bi un fegen de
Trepp. Wonem se hen geiht, fraagt se Fieken. Se
söcht ehr Seep, seggt Fieken. Wenn se ehr helpt un
fegen de Trepp, seggt de Katt, denn so will se ehr
helpen un söken de Seep.

Do fegt de Deern de Schiet tosamen un smitt 'n in'e
Aschammer. Denn geiht se in'e Koek. Dar is en an-
ner Katt, smuck, kann ik ju seggen! De heet Pussi.
Se is jüst bi un waschen af. Do seggt de Deern, se
will ehr man helpen, un do wascht se all de Tellern
un Schötteln un dröögt se af. So, un nu will se ehr
Seep söken, seggt se. Denn kümmt se mit, seggt Pus-
si.

Do gahn se dör de Vördel, vörbi an en ganze Deel
Stuven, dar sünd de Katten bi un maken de Betten.
Dar is uck een ganz, ganz smucke Katt, de heet
Mule, un de fraagt, wat Fieken will. Se söcht ehr
Seep, seggt Fieken. Se schall ehr doch man helpen

un maken de Betten, seggt Mule. Ja, is guut, seggt Fieken.

Do maken se de Betten, un denn gahn se all tosamen na de König vun'e Katten. De heet Peter, so as fröher mal min Kater. He sitt in en grote Saal. Twee Katten, Nele un Dele, stahn up Posten. De König fraagt, wat Fieken will. Och, seggt se, wenn he weeten dä, wat ehr passeert is! De Seep is ehr in'e Au fullen. Un do hett en Dwarg ehr hulpen un söken 'n. Un sodennig is se dar henkamen, seggt se. Guut, seggt de König, se schall man mal en Ogenblick töven, he will eerstmal weeten, wodennig se sik upföhrt hett. Se is nett, seggt Muusch, de Dörwahrer, se hett ehr sogar en Söten geven. Un ehr hett se hulpen un fegen de Trepp, seggt de anner Katt. Un ehr un waschen af un rümen de Koek up, seggt de neegste. Un ehr hett se bi't Bettenmaken hulpen, seggt Mule. Denn hett se sik ja upföhrt, as sik dat hört, seggt de König, se schall man mal en Ogenblick töven.

Denn bringt König Peter ehr na en Stuuv, dar steiht en grote Schapp vull mit Kleeder. Un he seggt, se schall sik dat Kleed utsöken, wat ehr an besten gefallt. Do nimmt se dat eenfachste Kleed, richtig so'n Buernkleed. Nee, nee, nee, seggt de König, dat is doch keen Kleed för ehr, se hett sik ja doch guut upföhrt. Un he gifft ehr en ganz smucke Kleed. Un denn gifft he ehr de Korv wedder mit de reine Wäsche un de Seep. Nu schall se man na Huus gahn. seggt he, un nich mehr bang' we'n. Ünnerwegens, seggt he, denn ward se de Hahn kreih'n hören: Kikeriki, kikeriki! Un denn schall se sik umdreih'n.

Un würklich, ünnerwegens kreiht de Hahn: Kikeriki, kikeriki! Do dreiht se sik um, un do fallt ehr en

Steern up'e Vörkopp, dat is di een Pracht! An'e Fööt hett se upmal en Paar ganz feine Schoh, de ole utpedd'ten sünd verswunnen. Do seggt se, um dat all för ehr is, würklich för ehr. Un knapp maakt se de Mund up, do fallen dar idel Eddelsteens rut. Nee, seggt se, dat is doch nich för ehr! Un wedder kamen dar Eddelsteens ut ehr Mund. De will se ehr Mudder bringen, seggt se, un ümmer, wenn se de Mund upmaakt, fallen dar Eddelsteens rut.

As se na Huus kümmt, fragen ehr Mudder un ehr Süster foorts, wonem se all de dare Eddelsteens her hett, wonem se de klaut hett. Un de Steern woe'n se ehr afrieten, man de sitt fast. Do seggt de Mudder, se will ehr Dochter uck afste' schicken. Un do schickt se ehr Rosi los. Rosi geiht na de Au un smitt ehr Seep dar mit Willen rin. Do kümmt na ehr uck de Dwarg: Se schall man mit em kamen, wat ehr denn passeert is. Ehr is de Seep in'e Au fullen, seggt se. Se schall man mitkamen, seggt he, he will ehr söken helpen.

Na en Stoot sünd se baven bi de Boom ankamen. Do seggt de Dwarg, he geiht nu t'rügg, un se schall an'e Boom ankloppen. Rosi kloppt, un Muusch maakt de Dör up. Wokeen se denn is, fraagt Rosi. Se is de Dörwahrer, seggt Muusch. Do gifft Rosi ehr rechts un links een an'e Backelei. As dat Doon, so de Lohn, seggt Muusch. Se schall man ringahn, dar ward se ehr Seep al finnen. Binnen is en anner Katt bi un fegen de Trepp. Rummsdibumms hett Rosi ehr vun'e Trepp schubbt un gifft ehr uck noch een an'e Riestüten. De ganze Schiet flüggt dör de Stuuv, un de stackels Katt hett uck düchtig wat afkregen.

Nu schall se in'e Koek gahn. Dar sünd de Katten bi un waschen af. Rosi haut all de Tellern un Schötteln to Gruus un Muus. Do seggt de Katt, as dat Doon, so de Lohn. Denn geiht dat wieder na de Katten, de bi sünd un maken de Betten. Dar treckt Rosi all de Lakens vun'e Betten un ritt se twei. As dat Doon, so de Lohn, seggen de stackels Katten.

Se will ehr Seep hebben, schimpt Rosi, wonem ehr Seep is.

Do kümmt de König vun'e Katten un seggt, se schall man mitkamen. Man ehrer se ehr Geschenken kriggt, seggt he, will he weeten, wodennig se sik up-föhrt hett, un he röppt sin Katten.

Stackels Muusch is noch ganz benusselt vun'e Muul-schellen. De Katt vun'e Trepp hett sik bi't Fallen alle Knaken braken. De Katten ut'e Koek sünd heel un deel vertwiefelt, se hebben nu ja keen Geschirr mehr. Un de Katten vun'e Betten sünd an't Blarrn.

Guut, seggt de König, denn schall se man mitkamen, uck de Leegen kriegen se's Lohn. He geiht mit ehr na dat Schapp, un se söcht sik foorts dat allersmuckste Kleed ut. Ogenblick mal, seggt de König, dat is doch keen Kleed för ehr, se schall en vel feinere een hebben. Un do treckt he ehr en Sackkleed an, dat stinkt düchtig na Kattenschiet. Se will sik dat vun't Liev rieten, man dat sitt fast. Ehr Geschenk kriggt se ünnerwegens, seggt de König, un he gifft ehr de Korv mit de Wäsche, de is vull vun Kattenschiet, un de Seep is nich dar. Un allens stinkt ganz gresig. „Man ik ...", will Rosi seggen, do fahrt de König ehr oever de Mund, se schall still swiegen, dat Geschenk kümmt noch. Wenn se de Esel schrien hört, denn schall se sik umdreih'n, seggt he.

Ünnerwegens hört se denn de Esel: i-a, i-a, i-a. Se dreiht sik um, un do fallt ehr en Eselssteert vör de Kopp. Je mehr se dar an trecken deit, um so faster sitt 'n an ehr Vörkopp. Se maakt de Mund up, do kamen dar luder Slangen, Peiten un eklige Deerten rut. Un ehr Schoh sünd vull vun Kattenschiet.

As se sodennig na Huus kümmt, hett ehr Mudder de anner Deern gau in en Glassarg packt, dat de Lüüd ehr nich mehr sehn schoe'n. En lütte Lock hett se apen laten, dat se Luft kriegen kann. Do kümmt de Dwarg un seggt to de stackels Deern, se schall sik man keen Sorgen maken, he is ümmer bi ehr un will ehr wat to eten bringen, wenn keeneen dat süht. Un he bringt ehr Marzipan un Budding un allerhand anner leckere Saken. He weet, wodennig dat Sarg upgeiht, un bringt de Deern ümmer wat to eten. Wenn dar een kümmt, denn maakt he gau de Deckel to, un se slöppt.

Mal kümmt de König na de dare Stadt. Do seggt de leege Oolsch to ehr Dochter, se schall sik feinmaken. Se gifft ehr en feine Kleed un sett ehr en grote Prüük up, dat de Eselssteert nich mehr to sehn is. Toletzt kriggt se noch en smucke Kroon up'e Kopp. Sodennig upviolt süht se ganz maneerlich ut. Man se schall sik jo vörsehn un nich snacken, seggt de Oolsch noch to ehr.

Do kümmt denn de König; de Dwarg hett em na de dare Stadt henschickt. He hett to em seggt, in de dare Stadt leven twee Süstern, de eene is guut, de anner is leeg. Man he schall sik jo nich anschieten laten.

Do söcht de König oeverall rum. De Oolsch seggt foorts to em, he schall man herkamen, dar is de

Deern. De König seggt, he hett doch hört, se hett twee Deerns. Nee, nee, seggt se, de eene is al vör lange Tied dootbleven. Un se blarrt en paar Krokodillstranen.

Do nimmt de König de leege Deern to Fruu. In'e Kutsch fraagt he ehr, warum se nich snacken deit, um se stumm is. Se seggt nix. Um se denn würklich stumm is, fraagt he nochmal. Un he böhrt ehr Prüük so'n beten in'e Hööcht, un do ward he de Eselssteert wies. Mein Gott, seggt he, wat dat denn to schall. Wokeen he dar denn blots heiraad't hett. Do maakt se de Mund up un snackt, un do kamen ut ehr Mund en Barg eklige Deerten rut. Weg mit ehr, seggt de König, so'n Fruu will he nich hebben. He will ehr Süster hebben. De is doot, seggt se.

Un se snackt un snackt, un ümmer mehr Deerten hoppen ehr ut'e Mund. Do kümmt upletzt de Dwarg un seggt, de König schall man mit em mitkamen, he weet, wonem de Richtige is. Un denn bringt he em hen na ehr. De stackels Deern liggt dar in't Sarg. Dree Daag hett se nix to eten hatt. De Dwarg hett to ehr seggt, he lett ehr nu dree Daag hungern, dat se mager ward un all Lüüd sehn, wat se dörmaakt hett mit ehr Mudder un ehr Süster.

Do maakt de Dwarg dat Sarg up, un de König drückt de Deern een up. „O, min Prinz!" seggt se, un idel Eddelsteens fallen ehr ut'e Mund. Se is de rechte Bruut, seggt de König. Och nee, seggt se, se is doch blots en arme Buerdeern, se kann doch nich sin Bruut we'n. Doch, seggt he, se is sin Bruut. Un de Dwarg seggt, se schoe'n man mit em mitkamen.

Wieldes is uck de Deern ehr Vadder na vele Jahren ut Amerika wedderkamen. De Prinz un de Deern heiraden un fiern mit de Vadder en feine Fest.

Man de beide annern moeten to Straaf för se's Grootsnutigkeit un se's Booshaftigkeit in'e Welt rumtrecken. Vun de Tied an is de Welt vull vun Slangen un Peiten.

De dree lütte Omas

Dar is mal en Königssoehn we'n un en Königsdochter, de hebben sik bannig leev hatt. De junge Prinzessin is sachtmödig we'n un smuck, un all de Lüüd hebben ehr geern lieden mucht. Man se hett mehr Lust hatt to Spelen un Fackeleuten as to Handarbeit un Huusfliet. Dar hett de ole Königin nu gar nix vun holen, un do hett se seggt, se will keen Swiegerdochter hebben, de nich jüst so flink is, as se dat sülven we'n is, as se noch jung weer. Un sodennig deit de Königin allens, wat se kann, dat ut de Prinz sin Hochtied nix ward.

De Königin will ehr Woort nich t'rüggnehmen, un do geiht ehr Soehn hen na ehr un seggt, se koenen ja sin Bruut mal up'e Proov stellen, um se vellicht jüst so flink is bi de Arbeit as de Königin sülven. Dat dücht se all bannig driest, denn de Prinz sin Mudder is en driftige Fruu, de spinnt un neiht un wevt bi Dag un Nacht, dar kann keen anner an ticken.

Liekers ward afmaakt, dat schall so maakt warrn, as de Prinz dat hebben will. De smucke Prinzessin ward in'e Fruensstuuv bestellt, un de Königin schickt ehr en Liespund[1] Flass to spinnen. Dat dare Flass mutt ferdig spunnen we'n, ehrer dat Dag ward, anners bruukt de Deern dar nich up luern, dat se de Königssoehn to Mann kriggt.

As de Prinzessin denn mit sik sülven alleen is, ward se rein schiet to pass, denn se weet, de Königin ehr Flass kriggt se nich spunnen, un se will doch nich ehr Prinz verleer'n, wo se em so leev hett! Un do

---

[1] Liespund = 14 Pfund

geiht se in'e Stuuv rum un is ümmerlos blots an't Blarrn.

Do geiht mitmal liesen, ganz liesen de Dör up, un dar kümmt so'n lütte Oma rin, de süht recht gediegen ut un ber't sik noch gediegener. De Oolsch hett gewaltig grote Fööt, dar mutt elkeen, de ehr to sehn kriggt, sik oever wunnern. Gu'n Avend, seggt se. Gu'n Avend, seggt de Königsdochter. Warum de smucke Deern vunavend so trurig is, fraagt de Oolsch. Dat schall se woll, seggt de Prinzessin, denn de Königin hett ehr heeten, se schall en Liespund Flass spinnen, un wenn se dat nich ferdigkriggt, ehrer dat morrn Dag ward, denn so kriggt se de Königssoehn nich, de ehr doch so leev hett. Do seggt de Oolsch, dat schall se sik man gar nich ankamen laten. Wenn't wieder nix is, dar kann se ehr helpen. Man denn schall se een Bedingen nakamen, de will se ehr nu seggen. As se dat hört, freut de Prinzessin sik bannig, un se fraagt, wat de Oolsch denn vun ehr will. Na ja, seggt de Oolsch, se heet Mudder Grootfoot, un se verlangt nix anners för ehr Hülp, as dat se mitkümmt to Hochtied. Se is up keen Hochtied we'n, seggt se, sörre de Tied, as de Königin, de Prinzessin ehr tokamen Swiegermudder, Bruut weer. Na, dar is de Königsdochter ja geern mit inverstahn, un do seggen se sik adjüs. De Oolsch geiht weg, jüst so as se kamen is. Un de Prinzessin leggt sik dal, man se kriggt de heele lange Nacht keen Oog dicht.

Fröh morrns, noch ehrer dat schummern ward, geiht de Dör up, un de lütte Oma kümmt wedder rin. Se geiht hen na de Königsdochter un langt ehr en Dock Gaarn hen. Un dat dare Gaarn is sneewitt un so fien as Spinnwev. Süh so, seggt de Oolsch, so'n feine Gaarn hett se nich spunnen sörre de Tied, as se för de Königin spunnen hett, as de heiraden schull. Un denn glitt de lütte Oolsch sik af, un de Prinzessin fallt in en smödige Slaap. Man dat duert nich lang', do ward se vun de ole Königin weckt, de steiht vör ehr Bett un fraagt, um dat Flass is ferdig spunnen. Ja, seggt se, un langt ehr dat Gaarn hen. Do mutt de Königin sik för dütmal tofreden geven. Man de Prinzessin kann marken, dat is ehr lang' nich na de Mütz.

As dat nu Dag ward, seggt de Königin, se will de Königsdochter up en anner Proov stellen. Se schickt dat Gaarn in'e Fruensstuuv tosamen mit en Wevstohl un anner Kraamstücken un seggt, de Prinzessin schall dat weven. Man dat mutt ferdig we'n, ehrer de Sünn upgeiht, anners bruukt de Deern dar gar nich mehr an denken un kriegen de junge Königssoehn.

As de Prinzessin alleen is, is ehr wedder leeg tomoot, denn se weet, se kriggt de Königin ehr Gaarn nich wevt, man se will doch uck nich de Königssoehn verleer'n, wo se em so leev hett. Un so biestert se in'e Stuuv rum un ward ganz dull weenen. Do geiht ganz, ganz liesen de Dör up, un en lüerlütte Oma kümmt rin, de süht recht gediegen ut un ber't sik noch gediegener. De Oolsch hett en gewaltig breede Mors, dar mutt elkeen, de ehr to sehn kriggt, sik oever wunnern. Gu'n Avend, seggt se. Gu'n Avend, seggt de Königsdochter. Warum de smucke Deern so alleen un so vull Kummer is, fraagt de Oolsch. Dat schall se woll, seggt de Prinzessin, denn de Königin hett ehr heeten, se schall dat dare Gaarn weven, un wenn se dat nich ferdigkriggt, ehrer dat Dag ward, denn so kriggt se de Königssoehn nich, de ehr doch so vun Harten leev hett. Do seggt de Oolsch, dat schall se sik man gar nich ankamen laten. Wenn't wieder nix is, dar will se ehr woll helpen. Man denn schall se een Bedingen nakamen, de will se ehr nu seggen. As se dat hört, freut de Prinzessin sik bannig, un se fraagt, wat de Oolsch denn vun ehr will. Na ja, seggt de Oolsch, se heet Mudder Breedmors, un se verlangt nix anners för ehr Hülp, as dat se mitkümmt to Hochtied. Se is up keen Hochtied we'n, seggt se, sörre de Tied, as de Prinzessin ehr tokamen Swiegermudder Bruut weer. Dar is de Königsdochter ja geern mit inverstahn, un do seggen se sik adjüs. De Oolsch geiht weg, jüst so as se kamen is. Un de Prinzessin leggt sik dal, liekers se de heele lange Nacht keen Oog dicht kriggt.

Fröh morrns, noch ehrer dat Dag ward, geiht de Dör up, un de lütte Oma kümmt wedder rin. Se geiht hen na de Königsdochter un langt ehr wat wevte Tüüg hen. Un dat dare Tüüg is sneewitt un so fien, so wat hett noch keeneen sehn. Süh so, seggt de Oolsch, so as dat hett se nix wevt sörre de Tied, as se för de Königin wevt hett, as de heiraden schull. Man dat is nu al lang' her. Un denn glitt de lütte Oolsch sik af, un de Prinzessin vermünnert sik mit en smödige, man korte Slaap, denn dat duert nich lang', do maakt de ole Königin ehr waak, de steiht vör ehr Bett un fraagt, um dat Tüüg is ferdig wevt. Ja, seggt se, un langt ehr dat feine Stück Tüüg hen. Do mutt de Königin sik dat tweete Mal tofreden geven. Man de Prinzessin kann sehn un marken, se deit dat nich geern.

Nu meent de Königsdochter, mehr Proven kamen dar nich. Man de Königin hett en anner Meenen, denn na en Stoot schickt se dat Tüüg dal na de Fruensstuuv. De Prinzessin schall dar Hemden vun

93

neih'n för ehr Brüdigam. Man de dare Hemden moeten ferdig we'n, ehrer de Sünn upgeiht, anners bruukt de Deern dar gar nich an denken un kriegen de Königssoehn jichens mal to Mann.

As de Prinzessin wedder alleen is, is ehr heel leeg tomoot, denn se weet, se kriggt de Königin ehr Linnen nich neiht, man se will doch uck nich de Königssoehn verleer'n, wo se em so leev hett. Un so geiht se in'e Stuuv up un dal un weent. Do geiht ganz, ganz liesen de Dör up, un en lüerlütte, ganz ole Oma kümmt rin, de süht recht gediegen ut un ber't sik noch gediegener. De Oolsch hett en gewaltig dicke Dumen, dar mutt elkeen, de ehr to sehn kriggt, sik oever wunnern. Gu'n Avend, seggt se. Gu'n Avend, seggt de Königsdochter. Warum de smucke Deern so alleen un so trurig is, fraagt de Oolsch. Dat schall se woll, seggt de Prinzessin, denn de Königin hett ehr heeten, se schall vun dat dare Linnen Hemden neih'n för de Königssoehn; un wenn se dat nich daan hett, ehrer de Sünn upgeiht, denn so kriggt se ehr Brüdigam nich, de ehr doch so vun Harten leev hett. Do seggt de Oolsch, dat schall se sik man gar nich ankamen laten. Wenn't wieder nix is, dar kann se ehr helpen. Man denn schall se een Bedingen nakamen, de will se ehr nu seggen. As se dat hört, freut de Prinzessin sik bannig, un se fraagt, wat de Oolsch denn vun ehr will. Na ja, seggt de Oolsch, se heet Mudder Dickdumen, un se verlangt nix anners för ehr Hülp, as dat se mitkümmt to Hochtied. Se is up keen Hochtied we'n, seggt se, sörre de Tied, as de Königin, de Prinzessin ehr tokamen Swiegermudder, Bruut weer. Dar is de Königsdochter ja geern mit inverstahn, un do seggen se sik adjüs. De Oolsch geiht weg, jüst so as se kamen is. Un de Prinzessin

leggt sik dal, man se slöppt man wat ring un dröömt
nich mal vun ehr Brüdigam.

Fröh morrns, noch ehrer de Sünn upgeiht, geiht de
Dör up, un de lütte Oolsch kümmt wedder rin. Se
geiht hen na de Königsdochter un langt ehr wecke
Hemden hen. Un de dare Hemden sünd so fein neiht
un stickt, so wat gifft dat nich nochmal. Süh so,
seggt de Oolsch, so fein as de daren hett se keen
neiht bet up de, de se för de Königin neiht hett, as de
Bruut weer. Man dat is uck al bannig lang' her.

Darmit verswinnt de Oolsch, denn de Königin steiht
jüst in'e Dör un fraagt, um de Hemden ferdig sünd.
Ja, seggt de Königsdochter un langt ehr de fein neih-
te Hemden hen. Do ward de Königin so füünsch, ehr
Ogen gloesen arig, un se seggt, denn schall se em
man nehmen; se harr nich dacht, dat se so gau weer,
as se dat we'n is. Darmit geiht se weg un ballert de
Dör achter sik to.

Nu schoe'n de Königssoehn un de Königsdochter sik
denn kriegen, so as de Königin dat toseggt hett, un
dar ward Hochtied maakt. Man de Prinzessin freut
sik nich recht up ehr Hochtiedsdag, se denkt, um de
dare wunnerliche Gäste woll kamen. Denn is dat so
wied, un de Hochtied ward fiert mit all Stahoi[1], as
dat so begäng' is. Man keen ole Fruuns kamen, so
dull de Bruut sik uck na all Sieden umkickt.

Denn, ganz laat, as de Gäste to Disch gahn schoe'n,
do ward de Königsdochter de dree lütte Omas wies,
de sitten in een Eck vun'e Hochtiedssaal alleen an en
Disch. Do steiht de König up un fraagt, wat dat för'n
Gäste sünd, de hett he ja noch nie nich sehn. Do

---

[1] Stahoi = Aufwand (dän. ståhej)

seggt de öllste vun de dree, se heet Mudder Groot-
foot, un se hett darum so'n grote Fööt, wiel dat se in
ehr Leven so vel an't Spinnrad seten hett. Wenn dat
sodennig is, seggt de König, denn so schall sin Swie-
gerdochter nie mehr spinnen.

Denn geiht he na de tweete Oolsch un fraagt ehr,
warum se so gediegen utsüht. De Oolsch seggt, se
heet Mudder Breedmors, un se hett darum so'n bree-
de Mors, wiel dat se in ehr Leven so bannig vel an'e
Wevstohl seten hett. Wenn dat sodennig is, seggt de
König, denn so schall sin Swiegerdochter uck nie
mehr weven.

Denn dreiht he sik da de drütte Oolsch un fraagt, wo
se heeten deit. Do steiht Mudder Dickdumen up un
seggt, se hett so'n allmächtig dicke Dumen kregen,
wiel dat se in ehr Leven so bannig vel neiht hett.
Wenn dat sodennig is, seggt de König, denn so schall
sin Swiegerdochter uck nie mehr neih'n. Un dar
blifft dat bi. De smucke Königsdochter kriggt de
Prinz un is nu för ehr heele Leven frie vun Spinnen,
Weven un Neih'n.

As de Hochtied vörbi is, glieden de lütte Omas sik af,
un keeneen is wies wurrn, wonem se langgahn sünd,
jüst so as keeneen mitkregen hett, wonem se herka-
men sünd. Un de Prinz hett mit sin Fruu glücklich
un vergnöögt levt. Blots dat hett nu allens vel sinni-
ger un ruhiger gahn, denn de Prinzessin is nich so
röhrig we'n as de strenge Königin.

De Eseltoet ehr Soehn

Dar is mal en Möller we'n, de hett en feine Moehl hatt un en gude Fruu, man he hett keen Kinner hatt, un dat hett em grote Kummer maakt. Faken hett he to sin Fruu seggt, wenn doch de Himmel se man en Kind schicken wull. Man de Himmel hett em woll en Barg Kunnen schickt un uck mitünner Regen, dat de Bek, de de Moehl andrifft, ümmer nugg Water hatt hett, man vun Kinner hett 'n woll nix afweeten wullt.

Man unverhofft kümmt oft, seggt en ole Sproek; aver dar hett de Möller nich mehr recht an gloven wullt.

Mal blifft sin Moehl miteens stahn. He geiht rut un kickt na, wat dat Moehlenschott verstoppt, un do finnt he dar en Korv, de swümmt up dat Water. He treckt 'n foorts rut un is heel verbaast, dar liggt en lütte Gör in un ward gewaltig bölken. Dat kümmt em jüst topass, seggt de Möller, se hebben keen Kinner, un dat is ja en recht starke un muntere Bengel. He kriggt dat Kind foorts rut un bringt dat mit Juuchhei na sin Fruu. De beiden freu'n sik dar düchtig to un maken af, se woe'n dat beholen un groottrecken. Man wo se keen Amm hebben, leggen se dat bi en Eseltoet an'e Titt, un darum seggen se dar „de Eseltoet ehr Soehn" to. De Jung wasst munter ran, un mit'e Tied ward he so groot un stark as en Oss.

As he denn groot is, seggt he to de Möller, nu he groot is, will he geern wat Rechtes lehr'n, dat he in'e Welt gahn un sin Glück söken kann. Wat he denn för'n Handwark lehr'n will, fraagt de Möller. He will geern Smidt warrn, seggt he. Dar is de Möller tofreden mit, un he gifft em bi en Smidt in'e Lehr. Dar blifft de Jung dree Jahr un ward so stark, he hett de Knoev vun söss Mannslüüd.

As sin Lehrtied um is, fraagt he de Meister, ehrer he up Wannerschaft geiht, um Verlööv un smeden sik en ieserne Stock. De kriggt he, un do geiht he bi un maken sik so'n Stock, man de is em ümmer nich swaar nugg, un do raakt he all dat Iesen tohopen, wat he man finnt, un smed't dat tosamen. Do is dar man knapp noch en Nagel na. De stackels Meister is dat ja nu gar nich na de Mütz, man he truut sik nich un seggen wat. Denn nimmt he en grote Laken un kippt dar söss Schepel[1] Bookweetengrütt rin, kriggt dat up'e Nack un maakt sik darmit un mit de gewaltige Iesenstock in'e Hand up'e Padd in'e wiede Welt.

Eerst kümmt de Smidtsgesell na en lütte Kaat, dar wahnt en arme Familie in, de fraagt he um Verlööv un kaken sin Bookweetengrütt. De Fruu söcht een Graap na de anner her, man de sünd em all vel to lütt. Toletzt slept se de grote Waschketel ran, un dar is de Smidt tofreden mit, de is em jüst topass. Do kaakt he all de Bookweetengrütt, de he mithatt hett, un itt, man he lett noch so vel na, dat de arme Lüüd dar noch lange Tied satt vun warrn.

Denn geiht he wieder un kümmt in en grote, düüstere Holt. Dar wahnt en Ries in, de is so stark, he ritt ut Schau[2] de gröttste Böme ut mitsammt de Wuddeln, as wenn dat man Kohlplanten sünd. De Ries geiht up'e Smidt dal un se kriegen sik dat Hau'n, man de Smidt is nich fuul un haut de Ries so dull an'e Beens, dat de umfallt. Do ward de heel bedrippst un seggt, de Smidt schall em dat man nich

---

[1] 1 Scheffel = 17,38 l oder 12,5 kg
[2] Schau = Spaß (dän. sjov)

för oevel nehmen. He schall man upstahn un mit em kamen, seggt de Smidt, denn woe'n se in'e Welt gahn un se's Glück probeern, denn se sünd ja twee, de nich bang' sünd un dat sachs mit mennig een upnehmen koenen. Do gahn se mit'nanner un kamen up en Flach, dar stahn en Barg Moehlen, de hör'n en Ries, de is noch grötter, un de bringt se all licht to lopen mit nix as en Wrang[1]. He schall man mit se kamen, seggt de Smidt, se gahn in'e Welt. Is recht, seggt de Ries, he kümmt, un se gahn dree Mann hooch wieder. Do kamen se an en Barg, dar sitt noch en Ries up, de hett en grote Barg Nebel in en Sack. Wenn he Regen hebben will, mutt he blots de Nebel ut'e Sack rutlaten. Em laad't de Smidt uck in un kamen mit, un de Ries is inverstahn.

Do gahn se veer Mann hooch wied, wied weg oever Bargen un Slunken un kamen toletzt up en grote, evene Flach. Dar löppt en Barg Veeh up Gras, un nich wied af steiht en lütte Kaat. Do seggt de Smidt to de lüttste Ries, he schall hengahn, sik en Oss halen un 'n dar in'e Kaat braden. De Ries geiht hen, grippt sik en Oss, haut 'n mit'e Fuust up'e Näs, dat 'n dootgeiht, bött Füer an un braad't 'n. As de Oss meist gar is, süht de Ries en lütte, ole Keerl mit en griese Baart ankamen. De dare lütte Keerl hett gresige Knoev un haut de Ries sodennig, dat he dalfallt un em Hör'n un Seh'n vergeiht. Nich lang', do kümmt de Smidt mit de beide annern, un do sehn se, de Ries is halv doot, un de braa'ne Oss is uck weg. Bi lütten verhaalt de Ries sik un vertellt se allens. De tweete Dag blifft de tweete Ries in'e Kaat un braad't en Oss, man de lütte Keerl kümmt wedder un haut

---

[1] Wrang = Kurbel

em, bet he beswiemt an'e Grund liggt. Un de drütte Dag geiht dat de drütte un stärkste Ries uck nich beter as de beide eersten.

De veerte Dag blifft de Smidt in'e Kaat un sett sik mit sin ieserne Stock in'e Eck. Upmal kümmt de Ole wedder un geiht up em dal. Man de Smidt, nich fuul, kriggt em bi de Baart un ballert em an'e Muer, dat dat Bloot man so sprütten deit. Man de lütte Keerl is nich doot, he neiht gau ut. De Smidt löppt em achterna, un do süht he jüst noch, wo he in en Muuslock rinwitscht, un weg is he. Do stickt he de Spitz vun sin Stock in dat Lock un maakt dat grötter. Na nedden to ward dat Lock ümmer breeder, dar kann en utwussene Keerl licht in dalklarrn. Do röppt de Smidt de Riesen, lett wecke starke Tauen halen un fiert toeerst de lüttste Ries dal. As de en Stück nedden is, röppt he, dat is em to koolt, se schoe'n em ruptrecken. De tweete un drütte Ries versöken dat uck, man se koenen gegen de dare Küll nich an. Do seggt de Smidt to de Riesen se schoe'n em dalfiern un up em töven, bet he wedderkümmt. Dat geiht wied dal, dat Lock ward ümmer wieder, un toletzt is he nedden. Do is dar en grote, feine, evene Flach, dar stahn dree Sloet up, dat eerste vun Glas, dat tweete vun Sülver un dat drütte vun Gold.

De Smidt geiht eerst na dat Slott vun Glas. Dar kümmt em en smucke Deern in'e Mööt, un as se em wies ward, röppt se, he schall doch man blots sehn un kamen weg, wenn de Draak kümmt, denn so fritt 'n em up. Man de Smidt seggt, he is nich bang' un will dar blieven. Upmal kümmt dar en Draak mit fiev Köppe un geiht vull Raasch up'e Smidt dal. Man de haut mit sin ieserne Stock so dull to, dat he 'n all fiev Brägenkastens up eenmal toschannen haut.

100

Denn snitt he 'n de Tungen rut un stickt se in'e Tasch. De Deern bringt he na de Stä', 'nem dat Tau dalhängt, un röppt na de Riesen, se schoe'n ehr hoochtrecken, un dat doon se uck foorts.

Denn geiht de Smidt na dat Sülverslott. Dar kümmt em uck en Deern in'e Mööt, de is noch smucker as de eerste, un se röppt uck, he schall doch man blots utneih'n, denn wenn de Draak kümmt, fritt 'n em up. Man de Smidt is nich bang' un blifft dar. Upmal kümmt dar en Draak mit soeven Köppe an, man tweemal tohaut, un do hett de Smidt 'n all soeven Köppe indöscht. He snitt wedder de Tungen rut un stickt se in'e Tasch. Un de Deern, de he frie maakt hett, lett he wedder vun'e Riesen hoochtrecken.

Denn geiht de Smidt na dat gollne Slott. An't Door steiht en Deern, de is noch smucker as de anner beiden. Se wahrschuut de Smidt uck vör de Draak, man he blifft dar un luert dat af. Do kümmt de Draak mit negen Köppe, man de Smidt haut en paarmal düchtig to un haut 'n de negen Köppe twei. Wedder snitt he de Tungen rut, un denn bringt he de Deern na de Stä', 'nem de Tauen hängen. He röppt na de Riesen, se schoe'n eerst de Deern un denn em ruptrecken. Man as he halv baven is, do kappen de falsche Riesen de Tauen un gahn mit de dree Deerns – dat sünd Königsdöchter – mit de gahn se to Stadt un woe'n dar Hochtied mit se maken.

De Smidt is hart fullen un hett sik rein weh daan. Vull Raasch geiht he up dat Flach hen un her. Do ward he wedder de dare ole, lütte Keerl wies, grippt em bi de Baart un seggt, wenn he em nich vertellt, wodennig he rupkamen kann, geiht em dat an't Leven. Do seggt de Ole, he schall sik en Adler griepen, dar gifft dat en Masse vun up en Barg dar dicht bi, schall 'n düchtig mit Fleesch fuddern un sik dar denn rupsetten. Man he schall uppassen, dat dat Fleesch nich all ward, ehrer he baven is.

Do fangt de Smidt en Adler, fuddert 'n un kriggt sik wat Fleesch torecht. Denn sett he sik up'e Adler, un de driggt em tohööcht. He is al meist baven, do is dat Fleesch all. Man he oeverleggt nich lang', ritt sik en Stück Fleesch ut't Been un gifft de Adler dat, do driggt de em ganz na baven un sett em dar af.

De Smidt maakt sik up'e Padd, un dat duert nich lang', do kümmt he in en grote Stadt. Dar hört he, vundaag maken dree Riesen Hochtied mit de König sin dree Döchter, de hebben se frie maakt. Vull Raasch geiht de Smidt in'e Saal, 'nem dat Hochtiedseten is, seggt to de König, he is dat we'n, de sin Deerns erlöst hett, un to Bewies leggt he de Drakentungen vör. Man de Riesen woe'n nich t'rüggstahn, se doon sik tohopen un woe'n de Smidt to Kleed, un do gifft dat en grote Hauerie. Dat Enne is, de Smidt haut mit sin ieserne Stock all dree Riesen doot. Denn heiraad't he de smuckste vun de dree Deerns un fiert en fröhliche Hochtied. Man de dat hier vertellt hett, de hett vun dat dare Eten nix afkregen, em hebben se blots en grote Knaak an'e Ellbagen smeten, dar deit em de Arm vundaag noch weh vun.

De Kruuk mit dat Gold

De ole Lüüd in unse Dörp hebben mi dat vertellt, de hebben dat vun se's Grootöllern hört, un de hebben dat uck wedder vun se's Grootöllern to weeten kregen: In ole Tieden hett dar mal en Buer in unse Dörp levt, de is arm we'n un hett man en lütte Acker un twee Ossen hatt. Mal in en harte Winter gahn em de beide Ossen in, un do hett he ja keen Deerten mehr un plögen mit in't Fröhjahr. Un so leed em dat deit, dar blifft em nix anners na as verpachten sin Acker an'e Naver.

In't Fröhjahr geiht de Naver denn bi un plöögt up de dare Acker, do stött de Ploog mitmal an wat Hartes. Do wöhlt he dar na, un do kümmt dar en grote Toonkruuk to Vörschien. Un de dare Kruuk is bet baven hen vull Goldstücken. Do lett he de Ploog mit de Ossen stahn un löppt vull Freud na de arme Naver. „Hest di al mal wunnert?" seggt he. „En Kruuk vull Goldstücken heff ik up din Acker funnen. Kumm mit un haal di dat, dat is ja doch din!"

„Nee, leeve Naver", seggt de anner, „dat dare Gold hört di. Du hest de Acker vun mi pachtet, du plöögst dat Feld, du hest dat Gold funnen, dat is din, denn allens, wat in'e Eerde is, hört de, de dat Land hett." – „Nee, nee, dat is din", seggt de Naver do un will dat gar nich insehn. Keen vun se gifft na. De beide Buern kamen sodennig in'e Brass, dat se sik sogar to Kleed gahn. Man se woe'n ja all beid keen Unrecht doon, un do gahn se mit se's Klaag na de König.

De König spielt düchtig de Ohren up, sin Ogen glemen un he ward arig jieperig, as he de Geschicht vun dat funnene Gold hört. Toletzt sprickt he dat Ordeel in de dare Striet: „Dat Gold hört keen vun ju beiden.

De Putt mit dat Gold is in min Königriek funnen, un darum hört 'n mi, de König!"

De König kann dat gar nich afluern, dat he de Goldstücken seh'n un tellen kann. Mit all sin Lüüd süht he to un kamen hen na de Acker, 'nem de Kruuk noch in'e Föhr steiht, keeneen hett 'n anroegt. De König lett de Kruuk upmaken, man wat's dat? De Kruuk is vull vun Addern! De König verfehrt sik un geiht füünsch wedder t'rügg na sin Slott. He meent, de Buern hebben em vernarr holen wullt. Un do gifft he Order, de beiden schoe'n bestraaft warrn.

Do warrn de stackels Buern jammern. In de dare Kruuk sünd keen Addern, seggen se, dat is idel Gold. Warum he se bestrafen will, fragen se, se hebben doch de Wahrheit seggt. De König is rein dör'nanner un schickt sin Lüüd hen, se schoe'n up'e Acker nochmal nakieken. De Lüüd kamen wedder un mellen de König, in'e Kruuk sünd idel Goldstücken in.

Um he denn en anner Kruuk sehn hett, um he vellicht up en anner Acker we'n is, seggt de König to sin Raatslüüd un geiht nochmal sülven rut up't Land na de dare Acker. Se wiesen em de richtige Föhr, se wiesen em de richtige Kruuk, he lett de Kruuk upmaken, un nu kiek – de Kruuk is en Addernest. De König schüttkoppt. So wat kann ja keen Minsch begriepen, dat is en Radel.

Do röppt de König all de kloke Lüüd ut sin Riek tohopen un seggt, se schoe'n em dat mal verklookfiedeln, wat dat för'n wunnerliche Kraam is. De Buern, seggt he, de hebben in'e Eerde en Kruuk mit Goldstücken funnen. He sülven hett de Kruuk upmaken laten un hett dar nix as Addern in sehn. De

Buern un uck sin Knechten hebben dar nix as Gold in sehn. Wat dat to bedüden hett, fraagt he.

De kloke Männer wiwaken mit'e Köppe un seggen denn, de dare Kruuk is de arme Buern för se's Fliet un för se's Ehrlichkeit vun'e Himmel as Geschenk tostüert wurrn. Se hebben Gold funnen. Man wenn de König anner Lüüd se's Glück wegnehmen will, denn so finnt he Addern statts Gold. He hett se dar ja na fraagt, seggen se, darum schall he se nich bestrafen för dat, wat se seggt hebben, denn sodennig is dat. De König tuckt tohopen un seggt en lange Tied gar nix. Denn seggt he upletzt, guut, denn so schoe'n se uck seggen, wokeen vun de beiden dat Gold hebben schall.

Natürlich de, de sin Acker dat is, röppt de Pächter. Nee, nee, röppt de anner, de de Acker plöögt un de Kruuk funnen hett. Un do geiht de Stret vun Frischen los. Man do mengeleern sik de kloke Lüüd darmang. Se fragen, um de beiden denn keen Kinner hebben, en Soehn oder en Dochter vellicht. Un richtig, de eene hett en Soehn un de anner en Dochter. Do geven de Kloken se de Raat, se schoe'n man de junge Lüüd mit'nanner verheiraden un se de Kruuk mit Gold to Hochtied schenken.

Do sünd se all tofreden, de Öllern sünd inverstahn, un de ganze Striet is vörbi. Do fiern se denn en grote Hochtied. Soeven Daag un soeven Nachten ward eten, drunken un danzt. De Öllern to dat Bruutpaar geven de Kruuk mit Gold an se's Kinner. Dat is dat Geschenk vun'e Himmel för se's Fliet un se's Ehrlichkeit. Man de König, de hett dar mal de richtige Denkzettel för kregen, dat he so raffgierig we'n is.

De Deern ahn Hänne

Dar is mal en Fruu we'n, de hett en Dochter hatt, de is so smuck we'n, wenn dar Lüüd vörbikamen sünd und sünd ehr wies worrn, denn sünd se en Stoot stahn bleven un hebben ehr ankeken. Man de Mudder, de hett sik dar en Barg up inbillt, wo smuck se sülven is, un se is niedsch we'n up ehr Dochter. Un se hett ehr verbaden un wiesen sik butenvör; man liekers sünd de Lüüd ehr hier un dar wies worrn un hebben dar oever snackt, wo smuck as se is. Do nimmt de Mudder sik vör, se will ehr heel un deel verswinnen laten.

Se lett twee Keerls kamen, vun de se meent, se kann sik up se verlaten, un se seggt se en Barg Geld to un will dar reine Mund oever holen, wenn se doon woe'n, wat se se updrägen will. Dat Geld hett se dar, seggt se, un dat is se's, wenn se ehr Updrag utföhrt hebben. Um se dar mit inverstahn sünd.

Nu is dat en arige Dutt Geld, un de beiden sünd man arme Lüüd, un do nehmen se dat an.

Um se swören woe'n, dat se allens doon, wat se se heeten deit, fraagt se. Do swören se dat.

Do seggt se, se schoe'n ehr Dochter mitnehmen un ehr in't Holt bringen, wied weg, un dar schoe'n se ehr um'e Eck bringen. Un to Bewies seggt se, dat se dat uck daan hebben, schoe'n se ehr nich blots ehr Hart bringen – dar kunnen se ehr bi anschieten – nee, se schoe'n ehr uck ehr beide Hänne bringen.

Do woe'n de Keerls dat nich, man se seggt, se hebben ehr dat nu mal toseggt, nu koenen se nich mehr t'rügg. Un denn weeten se ja uck, wat för'n Lohn se darför kriegen, seggt se, bi acht Daag schoe'n se wedder dar we'n.

Do gahn se denn weg mit de Deern. Dat is en lütte Reis för ehr Gesundheit, kriggt se vertellt. Se wunnert sik dar ja en beten oever, wat för'n Lüüd mit ehr reisen schoe'n, man se freut sik sodennig oever all dat Nüe, wat se to sehn kriggt, do is dat bald vergeten. Un do geiht se ganz geruhig mit se mit.

Man de beiden sünd böös in'e Kniep. De Deern is ümmer nett we'n to se un hett se af un an uck mal hulpen, un darum deit se dat weh, dat se ehr nu dootmaken schoe'n.

Se rieden un rieden in't Holt rin. Toletzt kamen se an en wööste Stä'. Do holen de Keerls an un vertellen de Deern, wat ehr Mudder se heeten hett.

Um se dat würklich ferdig kriegen kunnen un maken ehr doot, fraagt se.

Se hebben dar keen Kraasch to, seggen se, man wat se denn maken schoe'n. Se hebben ehr Mudder toseggt, se woe'n ehr ehr Hart un ehr Hänne bringen. Mit dat Hart, seggen se, dat wörr sachs gahn, de Deerten hebben ja jüst so'n Hart as de Minsch, man de Hänne ... Wat dat angeiht, dar koenen se ehr Mudder nich anschieten.

Is guut, seggt de Deern, denn schoe'n se ehr de Hänne afsnieden, man dat Leven schoe'n se ehr laten.

Do maken se en Hund doot un rieten dar dat Hart rut, dat langt sachs. Man de Hänne ... dar moeten se richtig bi un hau'n se af.

Eerst halen se sik wat Kruut, 'nem se dat Bloot mit stillen koenen, un denn, as de Hänne af sünd, verbinnen se de Stummeln mit de Deern ehr Hemd. De Hänne nehmen se mit un laten de stackels Deern dar in't Holt, man eerst mutt se se toseggen, dat se nie nich darhen t'rüggkamen will, 'nem ehr Mudder wahnt.

Do is de Deern denn heel alleen in't Holt. Man wodennig schall se sik nähren, wo se keen Hänne hett un nehmen wat faat un bringen dat na de Mund? Se nährt sik vun Aaft, dar bitt se vun af, so guut as dat geiht; man dat wille Aaft versleit ja nix. Do geiht se in'e Gaarn vun en Slott un knabbert dar an dat Aaft, wat se langen kann, man se waagt dat nich un wiesen sik jichens een.

Nu marken se ja, dar is en Deel Aaft anbeten. An'e eene Boom sünd al meist all de Ber'n to'n Deuvel. Man wokeen kann dat daan hebben, fragen se sik, vellicht en Vagel? Man – wat för een?

Do luern se dat af. En grote Vagel wiest sik dar ja nich, man se warrn en Deern wies. Sodraa de meent, ehr süht nümms, klarrt se up'e Böme. Se kieken ehr achterna, dat se sehn, wat se dar deit, un do kriegen se ehr faat, as se bi is un knabbern an dat Aaft.

Wat se dar maken deit, fragt ehr een.

Och, se schoe'n ehr man beduern, seggt se un wiest se ehr beide Arms ahn Hänne. Se schoe'n ehr beduern un ehr dat man nich oevelnehmen.

De ehr faatkregen hett, dat is de Soehn vun de Fruu vun't Slott. Nu hett de Schaden, de de Deern hett lieden musst, ehr nich minner smuck maakt, nee, dat gifft ehr sogar wat Apattiges.

Se schall mit em kamen, seggt he to ehr un bringt ehr heemlich in't Huus. He geiht mit ehr in en lütte Kamer un seggt, se schall sik man dalleggen, un denn geiht he na sin Mudder.

Na, seggt se, he is ja up Jagd we'n, um he denn hett wecke Vageln faatkregen.

Ja, seggt he, een hett he faatkregen, en bannig smucke een. Se schall man för een mehr updecken laten, seggt he, sin Vagel schall mit an'e Tafel eten.

Un denn geiht he hen un haalt de Deern na sin Vadder un Mudder. De sünd ja bannig verbaast, as se sehn, se hett keen Hänne, un se fragen ehr, warum.

Man se antert up en Aart, 'nem se nich vel klöker vun warrn, se is bang', se is noch nich wied nugg weg, as dat ehr Mudder nich kunn vun ehr to hören kriegen. Se weet ja, denn koenen de Keerls, de ehr *nich* dootmaakt hebben, mit dat Leegste reken. Un se seggt to de, de ehr utfragen, se schoe'n ehr doch man jo un jo Verlööv geven un holen sik dar in Schuul.

Man dat is de junge Mann gar nich na de Mütz, he hett sik in ehr verkeken un will ehr heiraden. Sin Mudder is dat ja nu wedder gar nich mit, se will nix weeten vun en Swiegerdochter ahn Hänne, vellicht schenkt de ehr noch Kindskinner, de uck keen Hänne hebben, een kann ja nie nich weeten! Man de Soehn blifft up sin Stück bestahn un blifft dar so stievköppig bi, toletzt seggt sin Mudder, wenn he denn afsluuts will, denn so schall he ehr heiraden, man se is dar heel un deel nich mit inverstahn.

Do ward denn Hochtied maakt, un de beide Ehlüüd sünd glücklich, bannig glücklich, man dat dare

Glück hollt nich lang' vör. En lütte beten later mutt ehr Mann in'e Krieg trecken. Dat deit em ja bannig leed un kamen weg vun sin Fruu, un he seggt, se schoe'n em faken Bescheed schicken vun ehr.

En paar Maanden later kümmt en Deener un mellt, sin Fruu hett twee Jungs kregen. Un he seggt, he schall man so gau, as't geiht, na Huus kamen, sin Familie passt dat heel un deel nich, dat he en Fruu ahn Hänne nahmen hett.

Tjä, na Huus kamen, dat geiht ja nich, man he schrifft an sin Fruu en Breev vull Leev un an sin Mudder een, 'nem in steiht, se schall doch recht guut we'n to sin leeve Fruu.

Man den Deuvel is se, se will ehr los warrn. Se schrifft an'e junge Ehmann, sin Fruu is mit twee Undeerten to liggen kamen. Un de Breeven, de he an sin Fruu schreven hett, nehmen se weg un vertuuschen se mit annern, 'nem se in sin Naam gresige Saken gegen ehr seggen un dat se sachs grote Schuld up sik laden hebben mutt, wenn de leeve Gott ehr statts twee Kinner twee Undeerten schickt hett. Un se snacken ümmer wedder up ehr in un kriegen ehr toletzt uck besabbelt, dat et na de dare Breeven doesig weer un luern dar up, dat ehr Mann wedderkümmt, de kreeg dat womoeglich ferdig un murksen ehr af, darum weer dat sachs beter un glieden sik af.

Do lett se sik besnacken. Se geven ehr wat Geld, denn treckt se sik an as en Buerfruu, kriggt ehr Kinner in en Dwersack, een vörn un een achtern, un maakt sik up'e Padd. Man ehr Schaden maakt ehr wat tüffelig; as se sik dalböögt un will sik ut en Born wat Water kriegen, fallt ehr een vun ehr Kinner dar

rin. Wodennig schall se de Lütte dar nu wedder rut-
kriegen, wo se doch keen Hänne hett?

Do schickt se en korte, man hitte Gebedd an'e leeve
Gott, un denn langt se mit ehr beide Arms, mit de
Stummeln, in'e Born, vellicht dat se dat Kind doch
noch faat kriggt. Se kriggt dat würklich tofaten, un
as se em dat natte Tüüg uttreckt, do markt se, ehr
beide Hänne sünd wedder nawussen. De leeve Gott
hett ehr Gebedd hört un hett ehr de Leden, de se
verlustig gahn weer, weddergeven.

Nu kann se arbeiden un mit ehr Hänne dat Broot för
ehr Kinner verdeenen. Sodennig levt se twölf lange
Jahren. –

As ehr Mann ut'e Krieg t'rüggkümmt, fraagt he as
eerstes na ehr.

Do markt sin Mudder, uck na allens, wat se gegen
sin Fruu seggt hebben, hett he ehr ümmer noch leev,
un do ward se so füünsch, meist weer se em to Kleed
gahn.

He lett ehr snacken un seggt, se schoe'n em sin Fruu
weddergeven. Man nu is dat sodennig, keeneen weet,
wat ut ehr worrn is. Man liekers meent he, se kann
nich doot we'n, un do geiht he up Reisen, dat he ehr
wedderfinnen will, eendoont wonem se afbleven is.

Allerwegens fraagt he rum, dat he Bescheed kriegen
will. Do bemött he mal en lütte Jung, de is plietsch
un verstännig, un he gefallt em. Do fraagt he de
Jung, wokeen sin Mudder is. De Jung vertellt em,
sin Mudder hett lang' keen Hänne hatt, un he hett
noch en Broder, de is jüst so oold as he. Un as he sin
Broder do wies ward, röppt he em ran un seggt, dar
is een, de intresseert sik för se un se's Mudder.

Dat tweete Kind is jüst so aardig un verstännig as dat eerste. Do fraagt de Reisen se na se's Leven bet darhen, un wat se em vertellen, passt allens tosamen, dat gifft keen Twiefel, he hett sin Familie wedderfunnen.

Wonem se's Mudder denn is, fraagt he de Jungs, se schoe'n ehr gau herhalen. De Mudder is jüst baven in't Huus, man nu kümmt se gau dallapen. Do kennt he ehr foorts wedder, uck na twölf Jahr. Se fallen sik um'e Hals, se vertellen, se reisen wedder na Huus un trecken wedder in't Slott. All verdrägen se sik wedder.

Man all denn doch nich. De leege Mudder, de Order geven hett, se schoe'n ehr Dochter um'e Eck bringen, de ward insparrt in en Kaschott ünner de Eerde un ward dar vun wille Deerten toreten.

De Wunnergoos

Dar sünd mal twee Süstern we'n, Mieke un Rieke, de hett dat man bannig kloeterig gahn. Se's beten Broot hebben se darmit verdeent, dat se vun morrns bet avends an't Spinnrad seten un denn dat beten, wat se spunnen hebben, verköfft hebben. Mal gahn se wedder to Markt un woe'n en paar Kluuns Gaarn verhoekern. För de paar Gröschens, de se darför kriegen, woe'n se en Goos kopen. Un dat doon se uck, se kopen en feine, witte Goos, bringen 'n na Huus un passen 'n mit vel Leev un Möögde.

De beide Süstern se's Leev to se's nüe Cast geiht so wied, se laten de Goos sogar in se's eegne Bett slapen. Man wat denn passeert, dat is so gediegen, een kunn meenen, dat Deert will se se's Leev wedderbetahlen, denn upmal fangt de Goos an un leggt statts Eier gollne Dalers. Nich lang', do sünd dat so vel, se hebben dar en ganze Kist vull vun. Do hebben de Süstern Geld as Heu, se drägen de Kopp vel höger as ehrdem, hebben feine Tüüg an, hängen sik gollne Keden um un sehn ganz staatsch ut. Man dat gifft ja nich een Eck up'e Welt, 'nem nich de Afgunst as so'n Spinn ehr Netten uphängt.

Blangen se wahnen Fruu Meier un Fruu Boldt, un de sünd bannig verbaast, wo de beide Süstern sik verännert hebben. Mal drapen se sik to sludern, un Fruu Boldt fraagt, um Fruu Meier sehn hett, wo dat nu mit Mieke un Rieke geiht. Dat is noch nich lang' her, seggt se, do harrn se man en paar Plünnen un knapp en Hemd oever de Mors. Nu gahn se as vörnehme Damen in Staat un Protz. An se's Finstern süht een ümmer slachtete Höhner bummeln un ganze Pütte vull Fleesch, de lachen een düchtig an. Wat dar woll passeert is, fraagt se. Se weet gar nich, wat se seggen schall, seggt Fruu Meier. De beiden sünd ümmer bedelarm we'n, hebben knapp en Gröschen hatt to Luussalv, un nu sünd se bavenup. Dat geiht doch nich mit rechte Dingen to, seggt se, oder se hebben en Schatz funnen. Mit so'n Aart Snackkraam maken se se's Afgunst ümmer duller, un do kamen se up'e Infall, se woe'n en Lock maken in'e Huuswand twüschen se un de Süstern. Un do bohren se richtig heemlich en Lock dör de Muer un glupen dar so lang' dör, bet se een Avend sehn, wo Mieke un Rieke en Laken up'e Del utspreden un dar en Goos rupsetten. Un se sehn uck, wo de dare Goos de reine Schieterie kriggt un Dalers vun sik gifft, un se sparrn Muul un Ogen up.

As de Sünn de neegste Morrn de Schattens vun'e Heven jaagt, besöcht Fruu Meier de beide Deerns. Eerst snackt se vun hunnertföftig anner Saken, man denn kümmt se upletzt to Putt: Se fraagt, um se ehr nich för en paar Stunnen se's Goos lehnen woe'n. Se hett sik Gössels köfft, seggt se, un de will se an't Huus wennen. De beide unbedarfte Süstern sünd ja guutmödig un woe'n uck nich so we'n, un se ahnen sik ja uck nix Böses. Un do geven se ehr de Goos för en paar Stunnen mit. Knapp is Fruu Meier wedder to Huus, do röppt se uck al ehr Naversche na sik hen. Foorts spreeden de beiden in en Kamer en Laken ut un setten dar de Goos up.

Man de Goos gifft se nich een Daler, de maakt blots dat feine witte Linnen düchtig schietig, un denn verstänkert se mit ehr Schieten uck noch de Luft in't Huus. Nu meenen de Fruunslüüd, de Goos mutt eerstmal düchtig wat to freten hebben, un do fuddern se ehr, dat dat Fudder ehr meist bet in'e Kopp steiht. Fruu Boldt haalt en nüe feine witte Laken, un denn setten se de Goos dar up un luern.

Dütmal kriggt dat Deert richtige Schieterie, maakt dat witte Laken grasgröön un gifft nich een Daler vun sik. Dar warrn de beide Fruunslüüd so dull oever, se dreih'n de Goos dat Gnick um un smieten 'n dör dat Finster rut up'e Weg, 'nem för gewöhnlich keeneen langkümmt, un 'nem een anners blots de Affall hensmitt. Man de Tofall bringt mitünner, wenn een dar gar nich mit rekent, de gediegenste Saken vördag.

Sodennig is de dare Dag de König sin Soehn up Jagd gahn. Darbi kümmt he na de dare lütte Stadt un binnt sin Perd an jüst in de dare blinne Weg, denn he denkt, dar kann he dat an besten afstellen, ahn dat se em in'e Stadt foorts wies warrn. He stromert geern rum un kickt sik allens nipp an, ahn dat em een kennen deit.

Nu is de Goos den Deuvel doot, se wackelt ganz benusselt de dare Weg lang. De Königssoehn ward dat Deert denn ja wies, un dat dücht em gediegen, un do grippt he darna un will nakieken, wat dar los is mit. Do jaagt de Goos em de Snabel sodennig achtern in't dicke Been, dat he luut upbölkt. Do kamen sin Deeners anrönnt un woe'n de Goos mit Gewalt vun em losrieten. Man dat helpt allens nix, de Goos sitt fast as so'n Ihl mit Flünken. Do moeten de Deeners de Prinz na de König sin Slott slepen. Vull Wehdaag lett he de beste Dokters ropen. Se leggen Tangen an, smeer'n Salv up, streu'n Pulver, man dat helpt all nix, de Goos sitt fast. In sin Noot lett de Prinz in't heele Land bekannt maken, de em vun de dare Anhang an sin Achterste frie maken kann, de schall dar grote Lohn för kriegen. Wenn dat en Mannsminsch is, denn schall he dat halve Königriek hebben, man is dat en Fruunsminsch, denn so schall se blangen em up'e Thron sitten un sin Fruu warrn.

Knapp is dat in't Riek utrapen, do kamen al flockwies de Lüüd ran un steken se's Näs in Saken, 'nem se doch nich bi helpen koenen. Je mehr Middels dar bruukt warrn, je faster bitt de Goos sik un je duller knippt 'n de stackels Prinz. Man as de Tofall dat will, mang all de Lüüd, de dar kamen un probeern se's Knep, kümmt uck Rieke na't Königsslott, de jüngste vun de twee Süstern. Se kennt ehr Goos ja glieks wedder un röppt foorts: „O, min Wulli, min leeve lütte Wulligoos!"

As do de Goos de Stimm vun ehr true Fruu un Uppassersche hört, lett se foorts de Prinz los un löppt ehr in'e Mööt un smuust un leggt ehr Kopp an Rieke ehr Back. De Prinz süht dat dare gediegene Bild un will ja nu weeten, wodennig dat allens tosamenhängt. Do kümmt he dar achter, wat de beide Naverschen dar utheckt hebben. To Straaf lett he se för ümmer ut sin Land rutsmieten. He sülven hollt sin Woort un heiraad't Rieke, un se bringt em de Wunnergoos mit in'e Eh.

Mieke kriggt en steenrieke Keerl to Mann, do mutt se uck nich mehr bang' we'n, dat se mal arm ward. Do leven se denn all in Glück un Freud. Man de beide Naverschen warrn wies, se hebben de Süstern jüst dardör de Weg na se's Glück upmaakt, dat se se de Weg na Riekdom hebben versparr'n wullt.

De Fruu in'e Buddel

Dar is mal en Mann we'n, Hannes hett he heeten, de hett sin Fruu bannig leev hatt. Wenn he vun'e Arbeit na Huus kamen is, hett he dar an meisten Spaaß an hatt un kieken ehr smucke Gesicht an un ficheln mit ehr. Man up'e Arbeit hett he dar ümmerlos blots an dacht, um sin Fruu to Huus uck guut verwahrt is un um nich en anner Mann ehr mal süht un em vellicht sogar afluxen kunn. De dare Grappen hebben sik bi Hannes so fastsett, dat he in'e Sack haut un vun sin Spaargeld levt. Do kann he denn elkeen Dag un ümmerto bi sin leeve Fruu we'n. Man dat Geld ward ja ümmer weniger in Hannes sin Huus, un do verkööft he toletzt de Möbeln un versett sin Fruu ehr Gold- un Sülversaaken un ehr Tüüg.

As dat denn bi lütten uck in all de Pütte in'e Koek up'e Rest geiht, kriggt de Fruu ehr leeve Hannes besnackt, he schall sik wedder Arbeit söken. Do maakt Hannes sik up'e Padd, he will in't Naverdörp na Arbeit fragen. Ünnerwegens bemött he en fründliche Mann, de fraagt em na de Weg na't neegste Dörp. Dar will he uck hen, seggt Hannes, de anner kann man mit em langkamen. Do kamen de beiden in Kloensnack, un Hannes vertellt frieweg vun sin Sorgen vun wegen sin smucke Fruu. Do seggt de anner to Hannes, warum he sin Fruu denn nich eenfach in'e Tasch stickt, wenn he up Arbeit geiht.

Hannes denkt, de dare fründliche Keerl will em up'e Arm nehmen, man do kriggt de en toonerne Buddel ut'e Tasch, langt Hannes de hen un seggt, wenn he ut't Huus geiht, denn schall he blots in de dare Buddel puusten un dar sin Fruu bi ankieken, denn ward se ümmer lütter un ümmer lütter un verswinnt toletzt in de dare Buddel. Sülven markt se dar gar nix vun. Denn kann he ehr ümmer bi sik hebben, seggt he, un to Avend kann he ehr wedder ruthalen. He mutt denn blots wedder in'e Buddel rinpuusten. Sin Fruu meent denn, se hett slapen, un heet' em vull Freud willkamen. Man he hett ehr denn de heele Dag mit sik rumdragen un bruukt sik to keen Tied Sorgen maken um ehr.

As Hannes sik de brune Toonbuddel neeger bekickt, is de anner mitmal weg. Spijöök oder Eernst? denkt Hannes un nimmt de Buddel mit.

De neegste Morrn steiht sin Fruu jüst vör de Speegel, do kriggt Hannes gau de Buddel faat, puust't dar rin un kickt dar sin Fruu fast bi an, se wiest em jüst ehr Gesicht in'e Speegel. Dar! Hannes mutt sik rein fastholen an'e Dischkant, sin Fruu ward lütter un lütter, swevt dör de Luft un verswinnt in'e Buddel. De anner hett em richtig en Töverbuddel geven. Do freut Hannes sik bannig un nimmt nu elkeen Dag de Buddel mit up Arbeit un haalt elkeen Avend sin Fruu wedder rut ut'e Buddel. Blots een lütte Puust dar rin, un se duukt up, ward grötter un grötter, un mitmal sitt se vör de Speegel un rifft sik de Ogen, as harr se lang' un deep slapen.

Nu is Hannes en ole Snackfatt, un do vertellt he dat een Avend sin Fruu sülven. Man se denkt, Hannes will ehr up'e Arm nehmen, se is dar ja fast vun oevertüügt, se hett slapen. Aver mal mutt Hannes sin Fruu doch to Huus laten, wodennig schall se woll de Wäsche waschen, wenn he ehr in'e Buddel deit un mit up Arbeit nimmt.

Do lett Hannes denn uck de Buddel to Huus in dat Tüüg, 'nem he 'n anners ümmer in'e Tasch hett. Dat dare Tüüg hett dat uck bitter nödig un warrn mal reinmaakt, un do nimmt de Fruu uck ehr Mann sin

Tüüg mit na de Waschplatz an'e Au. Dar ward se denn de brune Toonbuddel in'e Tasch wies. Nieschierig kickt se sik dat Dings an, puust't dar mal rin un süht darbi na en smucke Jungkeerl güntsiet de Au, de na ehr roeverkickt. Man dat is ja doesig, de junge Mann verswinnt foorts wedder achter de Büsche.

De Buddel stellt se blangen de Wäschekorf, un as se ferdig is mit Waschen deit se 'n wedder in'e Tasch vun ehr Mann sin Tüüg. Darbi is se gar nich wies worrn, dat se de junge Mann in'e Buddel rintövert hett. As se meent hett, he is achter de Büsche verswunnen, do is de Jungkeerl tohopenschrumpelt un gau as de Blitz in'e Buddel verswunnen, wieldes se noch na de Büsche güntsiet de Au keken hett.

De neegste Morrn nimmt Hannes denn wedder as ümmer sin Fruu mit up Arbeit. De heele Dag freut he sik al up'e Avend, wenn he sin Fruu wedder ut'e Buddel rutlaten un denn mit ehr rumfecheln kann. Sorgen, meent he, bruukt he nu nie mehr hebben, denn wokeen kunn woll beter up sin Fruu passen as he sülven. To Huus ankamen, blaast he foorts in'e Buddel. Man verbaast sett he sik al in'e neegste Ogenblick up'e Mors, denn na sin Fruu kümmt dar en smucke junge Mann rut ut'e Buddel, rifft sik de Ogen, maakt mit en Gesicht, as kunn he dat gar nich gloven, en Diener un süht denn mit vel Exküsen gau to un kamen ut't Huus.

Hannes is, as harr em een mit'e Hamer vör de Doez haut, un he seggt bi sik ümmer nochmal dat ole Woort: „Dat is swaar un hebben en smucke Fruu ganz för sik alleen."

De Vagel Lüerlütt

Vör lange Tied hebben dar mal en ole Mann un en ole Fruu levt. Do seggt mal de Fruu to ehr Mann, se hebben nix mehr to brennen in't Huus. He schall to Holts gahn un wat Brennholt halen, seggt se. Do geiht de Ole to Holts, söcht sik wecke olmige Boomstämme un geiht bi un hau'n se lütt un maken dar Brennholt vun. Nich lang' un he hett en ganze Arm vull Brennholt tosamen. Up sin Weg dör dat Holt pedd't he uck mal gegen en ganz ole Stubben. Do kümmt dar upmal en lütte Vagel ut'e Stubben rutflagen. Dat is de Vagel Lüerlütt.

De lütte Vagel sett sik up'e Stubben un fraagt de Ole in'e Minschen se's Spraak, wat he dar will, warum he an'e Stubben pedd't hett. De ole Mann wunnert sik ja bannig, maakt rein en Diener vör de dare Wunnervagel un seggt, he hett Brennholt na Huus halen wullt, darum hett he de dare Stubben uck tweihau'n wullt. Sin Oolsch to Huus will Middag kaken.

He schall sin Stubben fein tofreden laten, seggt de Vagel Lüerlütt, he schall man na Huus un to Bett gahn. De anner Morrn schall se dat denn an Brennholt nich fehlen, seggt de Vagel un flüggt weg. De ole Mann kickt 'n lang' achterna, lett sik de Wöör dör de Kopp gahn un deit denn, wat de Vagel em heeten hett. To Huus seggt he to sin Fruu, he hett vundaag dat richtige Holt nich finnen kunnt, de neegste Dag will he nochmal to Holts gahn un Brennholt söken.

De anner Morrn ward de Fruu waak, un do ward se vör se's Kaat en grote Hupen Brennholt wies. Se wunnert sik ja bannig un weckt ehr Mann. He schall upstahn, seggt se, dar is en Wunner passeert. He hett doch de Nacht keen Brennholt hackt, seggt se, nu schall he sik dat dar mal ankieken. De Ole süht dat Holt, un do vertellt he sin Fruu upletzt, wodennig he in't Holt de Vagel Lüerlütt bemött is. De Oolsch freut sik bannig un maakt foorts Füer in se's Kaat. Denn seggt se to ehr Mann, nu hebben se ja Brennholt nugg, man se hebben nix to eten. He schall sik up'e Padd maken to Holts, schall nochmal de dare Stubben söken un de Vagel Lüerlütt fragen um en fette Stück Fleesch.

De ole Mann geiht afste' to Holts. He söcht hier, he söcht dar un biestert de heele Dag in't Holt rum. Man toletzt finnt he doch noch de Stubben un pedd't dargegen. Un kiek, de Vagel Lüerlütt kümmt rutflagen.

Wat he will, fraagt 'n, warum he an sin Stubben pedd't hett. Sin Oolsch hett em schickt, seggt he. Brennholt hebben se nugg, man se hebben nix to eten. Darum schall he bi de Vagel um en schöne Stück Fleesch fragen. Do seggt de Vagel Lüerlütt, he schall man na Huus un to Bett gahn. Fleesch will 'n se geven. Wat se nödig hebben, dat schoe'n se kriegen. De ole Mann geiht wedder na sin Kaat un geiht to Bett. De neegste Morrn liggt dar en fette Stück Fleesch up'e Dörsüll. De beide Olen freu'n sik bannig un eten sik satt.

Man na't Eten meent de Fruu, sin Vagel, de erfüllt se elkeen Wunsch. Um se denn ümmer schoe'n arme Lüüd blieven, meent se. He schall man nochmal rutgahn to Holts, de Vagel ut'e Stubben ropen un 'n seggen, se woe'n Kooplüüd we'n. De ole Mann schüttkoppt, man na en Tied geiht he doch wedder rut. Lang' mutt he in't Holt na de Stubben söken. As he 'n hen to Avend upletzt finnt, pedd't he dargegen. Wat he nu al wedder will, fraagt de Vagel, warum he an sin Stubben pedden deit.

De ole Mann maakt en deepe Diener vör de lütte Vagel un seggt, sin Oolsch hett em dar al wedder henschickt. Se will Koopmannsfruu warrn, seggt he. Guut, seggt de Vagel Lüerlütt, he schall man na Huus un to Bett gahn, dat ward kamen, as se sik dat wünschen. De beide Olen sparrn de neegste Morrn Mund un Näs up, so verbaast sünd se. Se woe'n knapp se's Ogen truu'n. Se's Kaat is vullpackt mit Waren vun all Slag'en. Dar sünd Kruken un Kopperketeln, Ringen, Döker, Knööp, een kann sik gar nich satt sehn.

De Ole kann sik vör Freud knapp inkriegen. Man de Oolsch lacht spietsch un kreiht, wat dat denn al is, en Koopmannsfruu. Se will keen Koopmannsfruu we'n, schriet se. De Ole schall foorts to Holts gahn un to de Vagel seggen, 'n schall se to Herren oever't heele Holt maken. De Ole verfehrt sik. Wat ehr denn infallt, fraagt he, wat dat denn för Wünsche sünd. Se is woll oeversnappt, meent he. He schall sin Sabbel holen un sik afglieden, bölkt de Oolsch un böhrt en Knüppel tohöcht. De Ole tuckt tohopen, geiht ut'e Kaat, schüttkoppt un maakt sik up'e Padd to Holts.

As he bi de Stubben ankümmt, kloppt he dar an mit'e Foot. Süh, foorts kümmt de Vagel Lüerlütt ut'e Stubben rutflagen. Wat he denn nu al wedder an sin Stubben kloppen deit, fraagt 'n, wat em denn nu noch fehlt, um se denn noch nich tofreden sünd. Sin Oolsch is oeversnappt, seggt he, he weet nich mehr, wodennig he mit ehr ferdig warrn schall. Se hett em wedder herschickt, seggt he, se hett seggt, de Vagel schall se to Herren vun dat heele Holt maken.

Nu kiek, seggt de Vagel Lüerlütt, dat will se nu. Ehr drifft de Raffgier. He schall man na Huus gahn, seggt 'n, un to Bett gahn. Denn flüggt de Vagel Lüerlütt tohööcht un verswinnt in't Holt. Un de Stubben versackt in'e Grund. Do maakt de ole Mann sik up'e Weg na Huus. To Huus geiht he mit sin Fruu to Bett, un se decken sik beide fein to mit warme Deken vun'e Koopmannswaren. Man as se de neegste Morrn waak warrn, koenen se sik de Ogen rieven so vel, as se woe'n. Dat Holt, dat feine Eten, all de Waren un dat feine Tüüg, allens is verswunnen. Dar is nix mehr vun na.

De Königssoehn un de Baar

Dar is mal en König we'n, de is up Jagd gahn för un schöten wat Wild. He is al merrn in't Holt un hett noch nix vör de Flint kregen, do ward he en grote Baar wies, de kümmt ut en grote, holle Eek rut. Foorts kriggt he de Flint hooch, man ehrer he afdrücken kann, leggt de Baar sik dal. De König wunnert sik, wat dat bedüden schall, dat de Baar sik dalleggt un nich up sik schöten lett. He geiht na 'n ran, bet he ganz dicht bi is, man de Baar roegt sik nich vun'e Stä'. Do binnt de König 'n an en Tau un treckt mit 'n na Huus. Dar wiest he 'n foorts allerwegens rum un lett bekannt maken, de dat Wunner vun Baar sehn will, de schall man na em henkamen.

As de König dar nu up luert, dat anner Königs, Kaisers un Prinzen kamen un woe'n de Baar ankieken, do lett he tostellen to en grote Festeten. Wieldes se bi sünd un eten, geiht de Königssoehn Hans na de Stall un will de Baar ankieken. Man he denkt dar nich an un maken de Stalldör to, un do löppt de Baar weg.

Na't Eten seggt de König, denn schoe'n se man all mitkamen un sik de Baar bekieken. Se gahn denn ja all mit'e König mit, man as se in'e Stall kamen, do is de Baar nich dar. Do steiht de König vör all de Herr'n dar as so'n Doeskopp, un as se weg sünd, jaagt he sin Soehn ut't Huus.

Hans is al en paar Daag in't Holt rumbiestert, do kümmt he na en Slott, dar wahnt en anner König in. Na em geiht he hen un fraagt, um he dar Nacht blieven kann. De König seggt, he kann geern in'e Stall up Stroh slapen. As Hans de anner Morrn hoochkümmt, geiht he hen na de König un seggt, he schall em doch in Deenst nehmen. Dat geiht nich, seggt de König, he hett noch nich nugg Knoev för un deenen. Man de König sin Dochter seggt, he schall em doch man in Deenst nehmen, un wenn he nix anners doon kann as wahren se's Hasen. Guut, seggt de König, denn schall se ehr Willen hebben. He gifft Hans fiev Hasen un seggt, wenn he vun'e Weid kümmt un dar fehlt uck man een Haas, denn so will he em to'n Deuvel jagen.

De Königssoehn geiht mit de Hasen up'e Weid, un sodraa he in't Holt kümmt, stuven de Haasen vuneen; un as dat Avend ward, geiht he un söcht na de Hasen, man finnen deit he nich een. Do sett he sik dal ünner en Boom un ward blarrn. Upmal kümmt dar en Baar ut'e Boom rut un fraagt em, warum he weenen deit. Och, seggt he, he truut sik nich un gahn na Huus, denn all de Hasen sünd em weglapen. He schall man nich bang' we'n, seggt de Baar un fraagt, um he Hunger hett. Ja, seggt he. Do gifft de Baar em wat to eten un to drinken, un denn gifft he em noch en Stock in'e Hand un seggt, he schall na de un de Eek gahn un dar an hau'n. Dat deit he, un foorts kamen dar mehr as tweehunnert Hasen ruthoppt. De drifft Hans denn na Huus, un as he al dicht bi't Huus is, röppt de Königsdochter na ehr Vadder, he schall sik dat doch mal ankieken, wat för'n Barg Hasen Hans na Huus drieven deit. Man he drifft se foorts in'e Stall, leggt sin Stock achter de Stalldör un geiht to Bett. De neegste Morrn drifft he de Hasen wedder up'e Weid, un dat denn Dag för Dag, un ümmer kümmt he mit noch mehr na Huus.

De König sin Dochter is al in't Heiratsöller, un mal seggt se to Hans, he schall de Dag man to Huus blieven, denn kann he ehr Friers sehn. Ja, seggt he, dat will he geern, wenn ehr Vadder em man lett. Do geiht se hen un fraagt ehr Vadder, man de will nich, un Hans mutt mit de Hasen up'e Weid. Dar treckt he en Fliep un geiht na de Baar. De fraagt em wedder, wat he hett, warum he en Fliep trecken deit. Do seggt he, um he nich schall en Fliep trecken, wo he nich to Huus blieven dörf un de Friers vun sin Herr sin Dochter sehn. Do seggt de Baar, dat deit nich nödig, dat he en Fliep treckt; he gifft em to eten un to drinken, un as he satt is, seggt de Baar, he schall na de Eek gahn un mit'e Stock dar an hau'n, denn ward he al wies, wat dar rutkümmt. Dat deit de Königssoehn, un do kümmt dar smucke Off'zeerstüüg rut, en feine Sabel un en Perd, fein rutputzt mit Gold un Sülver.

Hans stiggt up un ritt na de König sin Hoff. Dar sünd de anner Off'zeers un Prinzen al bi un strieden mit'nanner. As nu de Königsdochter Hans gewahr ward, smitt se em foorts ehr Ring to, he fangt 'n un ritt foorts weg na de Baar. De fraagt em, um he hett de Ring kregen. Ja, seggt he, un de Baar seggt, de schall he em man geven, he will 'n uphegen. Denn gifft de Baar em to eten un to drinken, un as dat Avend is, seggt he, he schall de Stock nehmen un an de Eek hau'n, dat sin Hasen kamen.

De Hasen drifft he na Huus. He is al dicht bi de Hoff, do kümmt em de Königsdochter in'e Mööt lapen un seggt, weer he man to Huus bleven, denn harr he sehn, wovel Off'zeers un Prinzen dar we'n sünd un sik um ehr Ring streden hebben, un een, de smuckste, de hett sik an besten holen un hett 'n kregen. Hans seggt, he mutt sik dar al mit affinnen, dat he nich hett to Huus blieven durft un sehn se. Do seggt se, he schall tominnst de neegste Dag to Huus blieven, dat he süht, wat för wecken denn kamen. Man he seggt, wodennig he woll kann to Huus blieven, wenn ehr Vadder em nich lett. Do geiht se wedder na ehr Vadder un seggt, he schall em doch to Huus blieven laten. Man de Vadder seggt nee, he schall man up'e Weid gahn, wat dat denn woll schall, dat he to-kieken deit.

Hans geiht denn mit de Hasen up'e Weid un seggt to de Baar, vundaag kamen sachs wedder de, de güstern al dar weern. Un de Baar seggt, wenn de kamen, denn so kümmt he dar uck hen. As dat denn Tied is, dat de Striet um'e Kranz losgahn schall, gifft de Baar em en Stock un seggt, he schall na de dare Eek gahn un dargegen hau'n, denn kriggt he al to sehn, wat dar för em rutkümmt. Un denn schall he guut uppassen, de Off'zeers un Prinzen hebben em bannig up'e Luer.

Denn treckt de Königssoehn noch smuckere Tüüg an, sett sik to Perd un ritt na de König sin Hoff. Vun wieden süht he al, dar stahn Wachen vör't Door, un as he dar rinrieden will, woe'n se em nich rinlaten. Do gifft he sin Perd de Sparen, springt oever de Wachen roever un kümmt sodennig up'e Hoff. As de Off'zeers em wies warrn, gahn se foorts up em dal un woe'n em to Kleed, man keeneen hett de Dreih so rut as he. Un do winnt he de Königsdochter ehr Kranz, man sodraa as he 'n hett, gifft he sin Perd de Sparen, dat jumpt oever dat Door weg, un he ritt wedder hen na de Baar. De fraagt em wedder, um he hett de Kranz kregen. He seggt ja un gifft de Baar de Kranz, de nimmt 'n in Verwahren, gifft em to eten un to drinken un seggt, nu schall he man sin Hasen na Huus drieven.

127

As he de Hasen na Huus dreven hett, geiht he in sin lütte Kaat. Do kümmt de Königsdochter bi em an un seggt, de anner Dag kamen wedder de Off'zeers un Prinzen; he schall man to Huus blieven un tokieken. De se denn ehr Dook gifft, seggt se, de ward ehr Mann. He seggt, wat he denn to Huus maken schall, he will mit sin Hasen up'e Weid gahn.

De neegste Dag geiht he hen un vertellt dat de Baar. De gifft em wedder en Stock, he geiht na de Eek, haut dargegen, un foorts kümmt dar feine Tüüg rut un en Perd, mal so smuck as vörher. He stiggt up un ritt na de König sin Hoff. Foorts, as he an't Door kümmt, gahn se all up em dal un gahn em to Kleed, man he hollt sik an besten, un de Königsdochter smitt em ehr Dook to. Man he kann dat Dook nich griepen, un as he sik darna dalböögt, haut em een mit'e Sabel oever de Foot un haut em en Wunn. Man he kehrt sik dar nich an, he ritt gau torügg na de Baar un vertellt em, wodennig dat gahn hett. De Baar kriggt en Plaaster her, leggt em dat up'e Foot un verbinnt em mit dat Dook. Denn seggt he, nu kann he na Huus gahn, man de anner Dag mutt he wedderkamen un em erlösen, wo he em doch so fein hulpen hett.

De Königssoehn snitt sik en dicke Stock un drifft sin Hasen langsam na Huus. De König sin Dochter luert al an't Finster up em, dat se em dat vertellen kann. As se em ankamen süht, löppt se em in'e Mööt, un do ward se wies, he lahmt. Do fraagt se em, wat he hett. Och, seggt he, he is in't Holt achter de Hasen ranlapen, un do hett he sik an en Doorn staken. He schall ehr dat doch mal wiesen, seggt se, man he seggt, he kann de Binn nich afnehmen, dat deit to weh.

As he denn de Hasen in'e Stall bröcht hett, geiht he foorts na de Kaat, 'nem sin Bett is, leggt sik dal un slöppt foorts in, liekers he dulle Wehdaag hett. Man se hett keen Ruh un geiht hen un kickt na, wat he maakt. As se in sin Kaat rinkümmt un süht, he slöppt, do geiht se bi un kickt na, wat he mit sin Foot hett, un as se anfangt un wickeln de Binn af, do ward se ja ehr Dook wies. Do löppt se foorts hen na ehr Vadder un vertellt em dat. Vadder un Mudder gahn denn mit Licht hen un kieken na, un do sehn se, dat is warraftig se's Dochter ehr Dook. Do maken se em waak un fragen em, wonem he dat Dook her hett. He seggt, dat hett he in'e Striet wunnen. Do bringen se em foorts in se's Huus un seggen, de anner Dag schall he sik verheiraden. Man he seggt, dat kann he nich – nich, ehrer he sin Fründ hulpen hett.

De neegste Morrn geiht he foorts hen na de Baar. De gifft em en Sabel un seggt, he schall mit em na de dare Fischdiek gahn, dar steiht an't Över en Bank, dar schall he em de Kopp up afhau'n. Un denn schall he ut dat Water all de Hoppetuutsen ruthalen, bet he dar upletzt en Minschenkopp rutkriggt. De Königssoehn deit dat, un as he de Minschenkopp rut hett, ward upmal ut'e Baar en König, de is in en Baar verwünscht we'n, un de Königssoehn hett em erlöst.

De geiht nu na Huus un verheiraad't sik, un na dat Hochtiedseten fahrt he mit sin Fruu na Huus na sin Vadder. Ik bün uck mit to dat Eten we'n, un ik bün dar geern we'n.

De Hoppetuutsenprinzessin

Dar is mal en Mann we'n, de hett dree Soehns hatt, twee kloken un een dumme. De kloke Soehns hebben gude Tüüg ankregen un sünd guut behannelt wurrn. De dumme, Hans hett he heeten, hett ümmer blots dat Veeh wahren musst.

As de Soehns nu ranwussen sünd, do seggen de beide kloken to se's Öllern, se schoe'n se man in'e Welt schicken, denn to Huus lehrn se ja doch nix, un se woe'n doch geern wat rechtes warrn. De eene will Möller warrn, de anner will up Slachter lehrn. Ja, ja, seggen de Olen, dat schoe'n se uck, un se gahn foorts bi un rüsten se ut.

As de Dumme darvun hört, seggt he, so as se in'e Welt gahn, will he uck gahn, he will uck wat lehrn, seggt he. Man de annern hör'n dar gar nich na. Do geiht he sülven bi un sammelt all de Brootresten, de he nich upeten deit, in en Sack, un as sin beide Bröder denn afste' trecken, geiht he mit. In't neegste Holt kamen se an en Krüüzweg, un dar gahn de kloke Bröder na een Siet, de dumme na de anner. Do geiht he in't Holt vörföötsch wieder un ümmer wieder, man kümmt un kümmt dar nich rut. Sin Vörraat an Broot ward bi lütten all, un do mutt he sik wecke Ber'n sammeln, man dat langt nich för sin Smacht. He is Weenens neeg, so hungerig un af is he, do süht he wied vörut en lütte Licht schemern. He nimmt sin letzte beten Knoev tohopen un kümmt an en lütte Kaat, 'nem dat Licht rutschient.

He geiht dar rin un seggt sin Gröten, so as he dat vun anner Lüüd hört hett. Man dar is keeneen in as blots en Hoppetuuts, de antert up sin Gröten un fraagt, wat he will. Och, seggt he, sin Bröder sünd in'e Welt gahn, se woe'n wat lehrn un se's Glück maken, un wenn't angahn kann, denn woe'n se sik rieke Bruten anschaffen, un se hebben se's Mudder toseggt, se woe'n ehr vun de Bruten feine Geschenken mitbringen. Do is he denn uck gahn, seggt he, he will mal sehn, um he dat nich uck torechtkriegen kann. Ja, seggt de Hoppetuuts, wenn he will, denn so kann he bi ehr deenen, he schall en gude Leven hebben un lichte Arbeit. Se verlangt vun em wieder nix, as dat he ehr ümmer up en Atlasküssen rumdrägen deit. Dar dücht de Dumme noch wat um, un he denkt, warum schull he nich dar bliven? Un do blifft he un driggt de Hoppetuuts ümmer ganz sachten up dat Küssen rum un kriggt ümmer guut to eten un to drinken.

As he dar denn twee Jahr we'n is, do ward he bi lütten still un trurig, un do fraagt de Hoppetuuts em, wat em fehlt. Och, seggt he, nu kamen sin Bröder sachs ut'e Welt torügg un bringen se's Mudder vun se's Bruten feine Geschenken mit, un he, he hett keen Bruut un keen nix un kann uck gar nich na Huus. Och, seggt de Hoppetuuts, dar is Raat för, he schall man geruhig to Bett gahn, allens anner finnt sik de neegste Dag.

Dat deit Hans denn uck, un de neegste Morrn gifft de Hoppetuuts em en Rood un seggt, he schall na de Perdestall gahn un mit de dare Rood dreemal an'e Dör hau'n, denn kümmt dar en feine Perd rut, dar kann he sik up setten un na Huus rieden. Man an'e Grenz vun sin Vadder sin Land mutt he afstiegen, seggt se, un to Foot wiedergahn. Un denn gifft de Hoppetuuts em en lütte Paket mit, dat schall dat Geschenk vun sin Bruut we'n. Dummhans nimmt de Rood un haut dar dreemal an'e Dör vun'e Perdestall mit, un do kümmt dar en feine Perd rut un blifft vör em stahn. He sett sik dar foorts up, ritt na Huus un denkt dar uck an un stiegen af an'e Grenz vun sin Vadder sin Land.

Do süht he, sin Bröder kamen uck jüst an, fein in Tüüg un grootsnutig as man wat. De Olen freu'n sik, dat se's Jungs wedder dar sünd. De kloke Soehns sünd richtig de eene Möllergesell, de anner Slachtergesell wurrn, un se hebben uck smucke un rieke Bruten, un vun de hebben se uck för se's Mudder feine Geschenken mitbröcht. Na, seggt de Dumme, se schall man uck dat Geschenk vun sin Bruut nehmen. Do lachen de annern em wat ut un seggen, he ward al wat Feines mitbröcht hebben. Un lehrt hett he sachs uck nix, meenen se, he hett wiss blots jichens en Stä' Veeh wahrt, denn he hett ja noch desülve Plünnen an, 'nem he in weggahn is. Man as de Mudder dat Paket upmaakt, do is dar en ganz feine Kleed in, bestickt mit Gold un mit demantene Knööp. Man meenst, se freut sik darto? Nee, se un de Vadder warrn splidderndull up em, un se schimpen em ut un seggen, dat kan gar nich angahn, dat he dat dare Kleed up ehrliche Wies kregen hett; he hett wiss en Prinzessin doothaut un ehr dat Kleed afnahmen, meenen se.

Na en paar Wuchen bi se's Öllern seggen de kloke Soehns, se moeten nu wedder t'rügg na se's Meisters, man bi en Jahr, seggen se, denn kamen se wedder, un denn bringen se uck se's Bruten mit. Denn reisen se af, un Hans geiht uck wedder na sin Hoppetuuts. An'e Feldscheed steiht al dat Perd un luert up em, un he sett sik dar rup, un nich lang' un he is wedder an Oort un Stä'. Do fraagt de Hoppetuuts em, wodennig em dat gahn hett, un do vertellt he allens, uck, dat sin Bröder bi en Jahr mit se's Bruten na Huus kamen woe'n. Un he, seggt he, wokeen schall he mit na Huus fahrn? He hett ja keeneen as ehr, seggt he, un se is en Hoppetuuts. Na, seggt de Hoppetuuts, he schall man ganz ruhig we'n, dat ward sik allens finnen.

Na een Jahr seggt de Hoppetuuts, nu kann he uck mit sin Bruut na Huus fahren. Ja, wonem de denn is, fraagt Dummhans. He schall man wedder mit de dare Rood na de Perdestall gahn, seggt de Hoppetuuts, un dreemal an'e Dör hau'n, denn kümmt dar en Waag rut, dar schall he instiegen, un denn kümmt uck de Bruut na em. Na, he deit dat, un do kümmt dar en ganz feine Kutsch anfahrt mit veer Perde vör. Un as he instegen is, ward he uck en heel smucke Deern blangen sik wies, un dat is sin Bruut. Do is he bannig vergnöögt, un se vertellt em, se is keen anner as de Hoppetuuts. Man wenn se an'e Grenz vun sin Vadder sin Grund kamen, seggt se, denn mutt he utstiegen un to Foot na Huus gahn un so doon, as wenn he nix vun ehr weet. Un wenn se ehr denn dar ankamen sehn, seggt se, denn schall he rutkamen un ehr de Ruten in'e Waag inhau'n. Un wenn se denn in sin Öllern se's Huus is un sik dalsett to eten, denn schall he ehr nix in'e Mund kriegen laten, he schall ehr ümmer up'e Lepel hau'n.

Dat passeert denn uck allens. Sin Bröder sünd jüst ankamen mit se's Bruten, do sehn se de feine Waag anfahrt kamen. Wokeen dat woll is, fragen se, dat is sachs en rieke Herr. Do löppt Dummhans an'e Waag ran un haut mit en Stock all de Ruten in. De smucke Prinzessin stiggt ut un fraagt, um se dar woll blieven kann. Och, seggen se, se sünd ja so arm, wodennig se ehr denn woll ornlich upnehmen koenen. Se is mit allens tofreden, seggt se, un wat se eten, dat ward ehr uck smecken.

Do maken se denn Middag, un all setten se sik an'e Disch, blots Dummhans ward nich ranrapen, de sitt up sin gewöhnliche Platz achter de Aben. Man de Prinzessin will dat nich hebben, se verlangt, he schall uck an'e Disch kamen un mit eten. Och, seggt sin Vadder, dat is ja so'n doesige Tüffel, em schall se man dar achter de Aben sitten laten, he hett ehr doch al nugg Schaden maakt. Man se lett nich na, se seggt, dat maakt nix, Dummhans schall man herkamen. He kümmt denn uck un sett sik blangen de Prinzessin. Se hett en witte Kleed an vun Atlas, un sodraa se en Lepel Bickber'nsupp an'e Mund bringen will, stött he ehr an'e Arm, dat de Bickber'n up Kleed un Dischdook kleckern. Sin Öllern schimpen em ut un seggen, de Prinzessin schall dat man nich oevelnehmen, man dat helpt allens nix, de Prinzessin kann nix eten.

Do geiht se denn in'e Boeverstuuv un nimmt Dummhans uck mit. Dar seggt se blots en paar Wöör, do sünd dar Bedeenters, de waschen Dummhans un maken em rein un trecken em Königstüüg an, ornlich mit Ordens an. Dar steiht uck en deckte Disch mit feine Eten, un do setten de beiden sik dal un eten. Wieldes seggt een vun de kloke Soehns, he will doch mal gahn un nakieken, wat de beiden dar baven maken. Un as he wedder dal kümmt, vertellt he, wat he sehn hett: De Prinzessin sitt dar mit en smucke König an en Disch, man Dummhans is nich dar. Na, seggt sin Vadder, em hett he doch för klook holen, man he is ja woll jüst so doesig as Hans. Wo dat denn woll angahn kann, denn harrn se dar doch wat vun marken musst, dat de König ankamen is un dat de Disch t'rechtmaakt worrn is. Do kümmt de König mit de Prinzessin dal, un se stellt em vör as Dummhans un seggt, se meenen all, he is doesig, man he is jüst so klook as se all, un he hett dat mehrste Glück.

De Soehns faren denn wedder weg mit se's Bruten, un Dummhans uck mit sin smucke Bruut. As se in'e Holtkaat ankamen sünd un he is för en Ogenblick rutgahn, do is de smucke Prinzessin wedder weg, un darför sitt dar wedder de Hoppetuuts. Do ward Hans um ehr blarrn un klagen, man de Hoppetuuts meent, um he, Dummhans, denn meent, he kann so ganz ahn Sorgen to en Fruu kamen. He mutt noch so wecke Proven bestahn, seggt se, denn kriggt he sin smucke Prinzessin för ümmer. De Hoppetuuts verswinnt nu för dree Daag, seggt se, un em ward allerhand passeern, dat he snacken schall, man he schall jo keen Woort seggen, anners kamen se beid to Dode. In'e eerste Nacht kümmt dar Musik, seggt se, un smucke Deerns warrn na em kamen un woe'n mit em danzen un snacken, man he schall nich een Woort seggen. De tweete Nacht kamen dar Grafen un Prinzen un woe'n em to König maken, man he schall plietsch we'n un dar gar nich up hören. In'e drütte Nacht kamen dar wecken, de woe'n em dootmaken, un se warrn em uck al de Fööt afhau'n un uck een Hand, un ümmer warrn se seggen, wenn he man een Woort seggt, denn is allens wedder guut. Man he schall fast blieven un keen Woort seggen, anners sünd se verlaren.

De neegste Dag is de Hoppetuuts denn richtig weg. De Nacht darna kamen de Deerns un woe'n mit em danzen un snacken, man he hollt sik un seggt keen Woort, un as de Klock twölf sleit, is allens vörbi un keen Gefahr mehr. De anner Dag ward he en helle Striepen dör't heele Huus wies. De tweete Nacht kamen de Grafen un Prinzen un woe'n em to König maken, man he hollt sik un seggt nich een Woort. De Dag darna is de helle Striepen al vel grötter. De drütte Nacht geiht dat jüst so. Do kamen se un woe'n em de Kopp afhau'n darför, dat he nich hett König warrn wullt, se hau'n em uck al beide Fööt un een Hand af, man he hollt dör bet Middernacht, un do is allens weg. Do slöppt he denn ruhig in un slöppt bet morrns.

As he waak ward, süht he Lüüd, de hebben dat hild un lopen up Tehnspitzen hen un her. Eerst meent he ja, dat sünd noch de Lüd, de em nu de Kopp afhau'n woe'n, man he markt, de Hand hett he noch, uck een Foot − de anner uck − un do sett he sik in't Bett hooch. Do kümmt foorts en Bedeenter un treckt em prächtige Tüüg an. De Kaffe steiht al up'e Disch. He kickt ut't Finster, do süht he, ut dat Holt is en feine Land mit en Barg Städer un Dörper wurrn, un de lütte Kaat is to en prachtvulle Slott wurrn. Do kümmt denn uck de Prinzessin rin, so as se vörher utsehn hett, un seggt, so, nu hett Hans ehr erlöst, un darför is se nu sin Fruu, un em hört dat heele Königriek. Vun do an hebben se bannig glücklich levt, bet se dootbleven sünd.

De Roos

Dar is mal en Koopmann we'n, de hett dree Döchter hatt, un de jüngste vun se hett he an allerleevsten hatt. Mal mutt he up Reisen oever See na en anner Land wied weg, un do fraagt he sin Deerns, wat he se mitbringen schall ut dat frömde Land. Ehr schall he en Sünnenkleed mitbringen, seggt de öllste. De tweete will geern en gollne Mütz hebben. Un de jüngste seggt, he schall ehr man en Roos mitbringen, se will geern mal sehn, wodennig de Rosen in dat anner Land blöh'n. De Vadder seggt se to, he will se's Wünsch erfüllen, un seilt mit moje Wind afste'.

As he in dat frömde Land ferdig inköfft hett, maakt he sik ja up'e Reis na Huus, un do gifft dat foorts de eerste Dag en gresige Storm. Sin Schipp ward up en Klipp smeten, brickt ut'nanner, un sin Waren un allens buddeln af. De Koopmann kann sik noch jüst an en Stück Holt fastholen un ward as eenzige an Land dreven, un sodennig blifft he an't Leven. He geiht an't Över up un dal un klaagt dar oever, dat he ja allens verlaren hett, man an meisten deit em dat leed um de Geschenken, de he för sin Deerns mitnahmen harr, un dat he se nu gar keen Freud maken kann.

Do ward he nich wied vun de Stä', nem he is, en lütte Kaat wies un darbi en Rosenbusch mit wunnerbar smucke Rosen. Süh, denkt he bi sik, dar sünd ja Rosen, denn kann he ja tominnst sin leevste Dochter en Freud maken, un he geiht hen un will een afplöcken. He is dar al ganz dicht bi, do kümmt dar ut'e Kaat en grimmige[1] Deert rut, nich recht Wulf un nich

---

[1] hässlich (vgl. dän. grim)

recht Baar. Man dat kann snacken un fraagt em foorts, wokeen he is un wat he will. De Koopmann vertellt, wo em dat gahn hett, un dat em nix so leed deit as, dat he de Geschenken för sin dree Deerns verlustig gahn is, un dat he sik en Roos vun de dare Rosenbusch hett afsnieden wullt för sin jüngste un leevste Dochter. So gresig dat Deert utsehn deit, dat is eegentlich ganz nett un laad't de Koopmann in, he schall sik in sin Kaat en paar Daag utruh'n, un he schall denn uck en Roos mitkriegen.

Dat nimmt de Koopmann geern an, un as he na en paar Daag na Huus reisen will, gifft dat Deert em en Roos un seggt, he schall glücklich reisen, man na so un so lange Tied mutt sin Dochter dar we'n, anners is dat mit dat Deert un de Koopmann un sin Deerns se's Leven ut. Dat mutt de Koopmann em nu toseggen. As he denn dalgeiht an't Över, is uck foorts en Schipp bi de Hand. As dat schient, is dat blots för em dar, un he geiht uck foorts an Boord. Dat duert gar nich lang', do is he glücklich to Huus un vertellt, wat em tostött is. Un ganz bedröövt seggt he denn uck noch, wat dat Deert vun sin jüngste Dochter verlangt hett. Dar sünd se all heel trurig um, blots de jüngste Dochter sülven, de seggt, se schoe'n sik dar man keen Kopp um maken, dat is ja beter, seggt se, dat se alleen umkümmt, as dat se all vun't Unglück drapen warrn, un vellicht passeert ehr ja uck gar nix Leeges.

As de Tied dar is, de dat Deert ehr Vadder angeven hett, seggt se adjüs to ehr Lüüd un geiht dal an't Över. Dar töövt uck al datsülvige Schipp up ehr, wat ehr Vadder na Huus bröcht hett, un de Kaptein röppt ehr al in'e Mööt, se schall sik streven, dat is hööchste Tied. Na en ganz gaue un glückliche Fahrt kamen se bi de Kaat an. An't Över ward se vun dree

smucke Jumfern in swatt begrötet, man de ver-
swinnen al bald un laten ehr heel för sik. Do geiht se
denn alleen na de Kaat to, man as se in'e Gaarn
kümmt un dat Deert kümmt ehr in'e Mööt, do ver-
fehrt se sik doch sodennig, dat se in Amidaam fallt.
Dat Deert sorgt sik bannig um ehr un haalt Water,
dat et ehr wedder in't Leven t'rügghaalt, un dat
glückt uck. Un dat snackt denn uck ganz fründlich
mit ehr, se schall man nich bang' we'n, ehr passeert
nix, un dat schall ehr uck an nix fehlen. Se lett sik
uck richtig begööschen, un denn – se hett ja, wat se
bruukt, guut to eten un to drinken, gude Tüüg un
allens, un wo se sik mit dat Deert uck noch ünner-
holen kann, do föhlt se sik na un na ganz tofreden.

Man na en paar Maanden fangt se doch an un maakt
sik Sorgen. Dat Deert markt dat un begööscht ehr, to
Huus is allens gesund un vergnöögt, un et gifft ehr
uck en Speegel, dar kann se ehr Lüüd in sehn. Do
süht se, wo se singen un springen un vergnöögt
sünd. Dat argert ehr denn doch en beten: Se quälen
sik uck keen Spier um ehr, seggt se bi sik sülven, un
se weeten doch nich mal, um se noch an't Leven is.
Do will se sik uck keen Sorgen mehr um se maken,
man na en paar Daag oeverkümmt ehr dat doch wed-
der un se ward armsinns. Do seggt dat Deert, et will
ehr to Besöök na Huus schicken, man bi en paar
Daag mutt se wedderkamen, anners mutt dat sülven
un se all mit, denn moeten se all tohopen dootblie-
ven.

Un so geiht se denn up't Schipp un is in een Minuut
to Huus. Ehr Vadder un ehr Süstern freu'n sik ja
gewaltig to un hebben ehr wedder, un se woe'n ehr
gar nich wedder weglaten, man se lett sik dar nich to
besnacken un blieven to Huus, denn moeten se all

139

dootblieven, hett dat Deert ja seggt. As de fastsette Daag um sünd, geiht se wedder dal an't Över, 'nem dat Schipp al praat steiht un de Kaptein vull Ungedür up ehr luert. As se ankümmt meent he, dat is eegentlich al en beten laat. Man se geiht an Boord, un in een Minuut is se wedder bi dat dare gediegene Deert. Dat hett al mit grote Unruh up ehr luert, un as de rechte Tied um we'n is, do is dat in Amidaam fullen, un do finnt de Deern dat up'e Eerde liggen. Dat deit ehr nu ja bannig leed, se geiht bi et dal up'e Kneen un gifft dat en Söten – do fallt dat ruge Fell mitmal af, un vör ehr steiht en smucke Prinz, un ut de Kaat is en Slott wurrn merrn in en feine Park. Un in't Slott ward allens wedder lebennig, wat sik bet darhen nich roegt hett, de Prinz sin Öllern un Bröder un Süstern un all de Bedeenters. De Prinz nimmt de Deern in'e Arms un vertellt ehr, he is verwünscht we'n, un blots wenn he, liekers he so gresig utsüht, en Söten vun en reine unschüllige Deern kriggt, hett he erlöst warrn kunnt. Do heiraad't he de Deern, un dat glückliche Paar levt vundaag noch.

Wo de Düvel de Brammwien maakt hett

Dar is mal en Buer we'n mit sin Fruu, un de hebben soeven Kinner hatt. Se hebben arbeid't as man wat, man se hebben ümmer Broot fehlt. Mal, kort vör dat Fröhjahr, geiht de Buer to Feld to plögen, man he kehrt nochmal um un seggt to sin Fruu, se schall man noch na Broot söken, dat he dat mitnehmen kann to Middag, denn he kümmt eerst laat wedder an't Huus. Sin Fruu seggt, dar is noch een letzte Stück na, man wat se denn mit de Kinner maken schall, wenn he dat mitnimmt, de blarrn ja nu al. Man he seggt, för de Kinner schall se man en Stück lehnen bi de Naver, un dat dare Stück nimmt he mit to Feld. Na ja, denn schall he dat man nehmen, seggt sin Fruu, up jichens en Aart ward dat sachs gahn. Do nimmt de Buer dat Broot un geiht to plögen. Al vör de Middagstied strengt he de Perde af, dat se up Gras gahn, un he sett sik sülven dal un verpuustet sik en beten. He geiht bi dat Stück Broot, wat he vun to Huus mitnahmen hett un itt darvun, man denn denkt he, wenn sin Marie nu bi de Naversch keen Broot hett lehnen kunnt, wat schoe'n denn de Kinner eten?

Do warrn de Kinner em leed doon, un he lett en arige Stück na för se. He nimmt dat Broot, wickelt dat wedder in en Dook un leggt dat up'e Rem[1]. Denn spannt he de Perde wedder an un plöögt bet to Avend. As de Sünn bi lütten dalgeiht, lett he dat Plögen na un geiht noch even un halen dat Broot vun dar, 'nem he dat henleggt hett. He kümmt na de Rem – dat Broot is nich dar.

---

[1] Rem = Feldrain

De Buer wunnert sik. Dar hett he dat doch henleggt, denkt he. Dat hett ja wiss een nahmen, de Hunger hatt hett. Man he hett doch keeneen kamen sehn, un dat Feld is even, een kann vun een Enne na't anner kieken. Man wenn een dat nahmen hett, denkt he, denn schall em dat woll bekamen.

De dat Broot nahmen un upeten hett, dat is de Düvel, un as he do na de Höll kümmt na Luzifer, de boeverste vun'e Düvels, un em vertellt, he hett en arme Mann dat Broot upeten, do seggt Luzifer to em, darför schall he nu in'e Welt gahn na de Mann, de he dat Broot upeten hett. Fiev Jahr schall he bi em blieven un dat Broot afarbeiden.

De Düvel deit ja, wat sin Baas em heeten hett. He kümmt hier up'e Eerde, verkleed't as Minsch, geiht na de arme Buer, de nix to eten hett, dat he dat Broot afarbeiden deit. He schall em man as Knecht annehmen, seggt he to em. Wat he denn woll mit en Knecht schall, meent de Buer, wo he sülven nix to bieten hett. Do seggt de Düvel, 'nem twee Köppe sünd, dar is een mehr, un twee weeten sik ehrer Raat. Na guut, seggt de Buer, denn schall he man dar blieven. Un de Düvel, de nu Knecht is, maakt sik an'e Arbeit, un dat is ümmer noch Fröhjahr.

He schall hengahn un plögen, seggt de Buer to de Knecht. Is guut, seggt de Knecht. He spannt de Perde an un geiht up't Feld to plögen. De Fruu will em en Stück Broot mitgeven to Middag, man de Knecht nimmt dat nich: He will nix eten, seggt he. Denn fraagt he de Buer, um he noch hett vele Feldstücken to plögen. Fiev Morgen sünd dat noch seggt de Buer, un de Knecht fraagt, wonem de denn sünd. Een Stück liggt achter't Holt, seggt de Buer, een achter de Barg, dat drütte up Langbarg, dat veerte oever de See un dat föffte is dat, 'nem he nu hengeiht.

De Knecht kümmt na dat eene Feldstück un plöögt. Na en Stunn is he dar ferdig mit. He plöögt so gau, de Lüüd koenen sik blots wunnern. As dat eene Stück plöögt is, geiht he na dat anner un plöögt dar. De Buer seggt to Huus to sin Fruu, he will man mal hen un sehn, wodennig de nüe Knecht plögen deit. He geiht na dat Feldstück, man dat is al plöögt, un de Knecht mit de Perde is nich dar. Do wunnert de Buer sik, dat he so gau plöögt hett, un he is em narms bemött. He geiht wedder na Huus un fraagt sin Fruu, um de Knecht nich dar we'n is. Nee, seggt se, de is nich dar we'n. Wonem he denn woll afbleven is, meent de Buer, he kümmt jüst vun't Feld, dat hett he al ferdig plöögt.

De Sünn is al ünnergahn, do kümmt de Knecht vun't Feld, un do fraagt de Buer em, wonem he denn bet nu we'n is. He hett plöögt, seggt he. Un wonem? will de Buer weeten. He hett vundaag twee Stücken ferdig plöögt, seggt he. Na, seggt de Buer, denn is he en gude Knecht, wenn he an een Dag twee Morgen umplögen kann. As he sülven plöögt hett, seggt he, do hett he nich mal een Morgen up'e Dag ferdig kregen.

De neegste Morrn geiht de Knecht wedder to plögen. De Buer seggt, se hebben noch dree Stücken na. Un to sin Fruu seggt he, dat is en gude Knecht, he arbeid't gau. Vundaag kriggt he sachs de dree Stücken ferdig, un de neegste Dag woe'n se bi un sei'n. Up't Feld na de Knecht geiht de Buer nich mehr. He seggt, warum schall he hengahn, vun jichens en Stä' kümmt he ja doch wedder. He kickt jüst rut, do is de Knecht al up'e Hoff. Do geiht de Buer rut un fraagt em, um he al mit all dree Stücken t'recht is. He hett se ferdig plöögt, seggt de Knecht, un is noch tiedig nugg na Huus kamen.

De neegste Dag geiht he al hen un seit Haver, dree Feller an een Dag. Na twee Daag is allens ferdig seit. Oeverall, 'nem de Knecht seit hett, wasst un steiht dat Koorn prachtvull. Denn kümmt de Aarn. Do wunnern de Lüüd sik, so'n Koorn hebben se bi de Buern noch nie nich sehn. De Navers warrn rein afgünstig un seggen, nu ward em dat guut gahn, bi en lütte Jahr is he en rieke Mann.

Eerst halen se dat Sommerkoorn, denn de Gassen un toletzt de Haver, un de Buer geiht bi un leggt dat in'e Schüün all för sik. He freut sik, nu ward he de gröttste Buer in't Dörp.

As denn de Winter kümmt, gahn de beiden, Buer un Knecht, bi un döschen. Se döschen twintig Schock, dat gifft veertig Schepel Koorn. Un de twintig kamen man vun een Stück Land. Sühst woll, seggt de Knecht to sin Herr, dat is de Wahrheit we'n, as he seggt hett, 'nem twee Köppe sünd, dar is een mehr. Dar kann he mal sehn, meent he, wo he em nütten deit: 'nem he mit sin Hänne seit hett, dar is dat Koorn guut wurrn. Un de Buer seggt, he kann sehn, he hett bannig wat los, denn wenn he sülven seit hett, is dat Koorn nie nich so guut kamen as düt Jahr. Fröher hett he hungern musst, un nu hett he so vel, he kunn noch annern wat afgeven. Keeneen in't Dörp hett so vel Koorn as he, un wat he denn noch an Kartüffeln kriggt! Wat dat angeiht ward keeneen an em rankamen, bet up een Hoff blots.

Sodennig vergeiht een Jahr, noch een, noch en drütte un en veerte. In all de Jahren kümmt dat Koorn guut, he hollt sik veer Ossen, veer Perde un veer Köh. Man dat föfte Jahr ward dat allens noch beter, 'nem de Knecht seit hett. Un de Knecht, dat is ja de Düvel, de deit allens bannig gau.

Man in'e Harfst vun't föfte Jahr, as se dat Koorn un de Kartüffeln all binnen hebben, do seggt de Knecht to de Buer, he kann em en scharpe Gedränk maken, as he dat noch keen Stä' to drinken kregen hett, un dat gifft up'e heele Welt uck nich so'n Gedränken, as he se maken kann. Dat is ja fein, seggt de Buer, dat he so'n Meister is, man ut wat dat denn maakt ward. Do seggt de Knecht, dat beste Gedränk, dat warrn se Snaps nömen, un dat maakt een vun Kartüffeln. He hett ja en Barg Kartüffeln, meent he, do ward he em sachs Verlööv geven un maken dat darvun. Un de Buer seggt, de Kartüffeln kann he kriegen, he schall man gau dat dare scharpe Gedränk maken. Do seggt de Knecht, dar hört noch en extra Gebüde to, un dar gifft dat ja nix, 'nem se dat vun buu'n koenen. Dat will he em beschaffen, seggt de Buer, se woe'n man to Dörps gahn un dar en Schüün kopen, jichens en Buer ward sachs een to verkopen hebben

Do gahn se to Dörps. Se gahn dar rum, fragen, un to-letzt kamen se na en Buer, Fiete, de hett en Schüün. Se kamen na sin Huus un fragen, um he se nich will de dare Schüün verkopen, de steiht ja leddig. Ja, seggt he, warum nich. Sin Dochter, seggt he, de fiert bi veertein Daag Hochtied, un do mankeert dat noch an't Geld. Wat he dar denn för hebben will, fragen se. Och, seggt he, so'n föftig Daler will he geern heb-ben. Ja, seggen se, dat is de Schüün weert, un do be-tahlt de Buer em föftig Daler, un de Saak is afmaakt. Wonem se de dare Schüün denn to bruken, fraagt Fiete. Oh, seggt de anner, dar gifft dat en Barg vun

145

to vertellen. Sien Knecht, de dar mit em is, seggt he, de kann en scharpe Gedränk maken, man dar mutt he noch so'n Gebüde to t'rechtmaken. Wonem he denn so'n Gedränk vun maken will, fraagt Fiete nieschierig. Vun Kartüffeln hett sin Knecht seggt, meent de Buer. Denn schall he dat man gau maken, seggt Fiete, denn will he em dar noch wat vun afkopen för de Hochtied. Och, seggt de anner, dar kann he uck so wat vun kriegen, wenn he dat bet darhen man ferdig hett. He schall sik man fuchtig holen so lang', seggt he to Fiete.

Se gahn na de Schüün, dat se 'n ut'nannernehmen. Man de Knecht seggt, ut'nannernehmen, dat deit nich nödig. He slept 'n weg, as 'n is un stellt 'n up sin Buer sin Hoffstä'. He faat' in'e Mitt an, böhrt dat heele Dack hooch un driggt dat na sin Herr. Denn kümmt he wedder, nimmt dat Stännerwarks un maakt in een Dag ut de Schüün en Brennerie. Denn nimmt he Kartüffeln un geiht bi un maken dar Snaps vun, nich anners, as dat vundaag uck noch maakt ward. As he dar klaar mit is un wecke grote Foet vull Snaps maakt hett, bringt he de Foet in't Huus. De Buer wunnert sik, wat he för'n Knoev hett. Denn treckt he de Snaps up Buddeln, kriggt sik en Glas, gütt dar Snaps rin un langt de Buer dat hen. De drinkt dat ut. Brrr, schüddelt he sik, wat en starke Gedränk, as wenn de Düvel dat maakt harr. De Knecht schenkt nochmal in.

He schall man noch en Glas drinken, seggt he, denn is dat nich mehr so scharp. De Herr drinkt dat wedder ut. Oh, seggt he, dat is em glatt dallapen, man dat eerste, dat weer doch bannig scharp. Na, he schall man noch een drinken, seggt de Knecht, un he deit dat. Um he vellicht noch en veerte Glas drinken

will. Ja, he drinkt uck dat veerte Glas ut. Aah, seggt
he, nu lett sik dat dare Water aver fein drinken. Dat
is mal en bannig gude Kraam. He schall man noch
en föffte Glas drinken, seggt de Knecht. He deit dat.
Um he vellicht noch en sösste Glas hebben will,
meent de Knecht. De Buer drinkt Glas Nummer söss
un uck noch Nummer soeven. Denn kriggt he de
Düvel faat, drückt em een up, danzt mit em un freut
sik.

De Düvel gifft de Fruu uck wat to drinken. Se neiht
veer Gloes weg. Un de Gör'n langt he uck wat hen.

Denn danzen se all bannig lustig, denn se sünd all
duun. De Buer seggt to sin Fruu, se schall man de
Navers roeverhalen. Do geiht se un röppt all de Na-
vers tohopen, un de Düvel gifft se Snaps to drinken.
Dat schoe'n se man drinken, seggt he, dat is en ban-
nig feine Kraam. Un he schenkt de Gloes vull un
verdeelt se. Se schoe'n man all drinken, seggt de
Buer, dat eerste Glas is bannig scharp, man dat
tweete nich mehr so dull. De Navers drinken, un de
Düvel fraagt, um dat dare Gedränk nich guut is. Un
de Buern seggen, dat is bannig guut, een föhlt sik
achterher ganz anners.

Un de Düvel seggt, he hett sin Herr nu fiev Jahr
deent, vundaag is dat föffte Jahr rum, darum geiht
he vundaag, man toletzt hett he för em tominnst dat
dare Gedränk maakt. Un wenn he nu geiht, seggt he,
denn ward de Buer dat maken, oder vellicht gifft he
dat ja uck in Pacht. Wat för'n Pacht? fraagt de Buer.
Un de Düvel seggt, he kann dat verkopen för so vel,
as he will. Denn will he weggahn, man de Buer hollt
em torügg. He geiht al weg, wunnert he sik, un ver-
langt gar nix vun em, wo he em doch so vel Jahren

deent hett? He will nix vun em hebben, he schall sik man fuchtig holen, seggt de Düvel un geiht weg. Un de Buer maakt ümmerlos Snaps un verköfft 'n.

Sörre de Tied drinken de Lüüd Snaps. Wenn du darvun drinken deist, maakst du allerhand dulle Hansbunkentoeg, un dar freut de Düvel sik oever.